Scrittori i

Emanuele Tonon

Fervore

ROMANZO

MONDADORI

www.librimondadori.it

Fervore
di Emanuele Tonon
Collezione Scrittori italiani e stranieri

ISBN 978-88-04-65046-1

Pubblicato in accordo con Oblique Studio, Roma
I edizione febbraio 2016

Anno 2016 - Ristampa 1 2 3 4 5 6 7

Fervore

Or al presente io vengo a te, e dico queste cose nel mondo, acciocché abbiano in loro la mia allegrezza compiuta. Io ho loro data la tua parola, e il mondo li ha odiati, perciocché non son del mondo, siccome io non son del mondo. Io non chiedo che tu li tolga dal mondo, ma che tu li guardi dal maligno. Essi non son del mondo, siccome io non son del mondo.

(Giovanni 17,13-15)

DOSSOLOGIA DEL VENTO

Pregavamo nella risacca del sonno, quasi ancora dormendo, il nostro salmodiare mattutino di giovani eunuchi era tutto un ciondolare di teste. Fuori il vento, precipitando, attraversava radici, muoveva la terra, le erbe benefiche e quelle velenose, le vipere ancora sognanti; esigeva, risalendo, la genuflessione degli steli prossimi al fiore, il mesto inchino dei rami, la caduta del fogliame; impattava sui tronchi ritti a sfidare la vertigine, sollevava polvere, insetti e vesti, scompigliava chiome, infiammava la mente degli umani che si apprestavano alla dura legge della luce veniente; dava latrati ai cani, canti ai galli, tenerezze alle mani delle madri; ritesseva la cotonosa polpa delle nubi e poi, insinuandosi tra le fessure della porta lignea della chiesa, si faceva burla di noi regalandoci brividi e solletico, penetrando dai lembi della gonna santa prendeva a salire i polpacci e i quadricipiti e il plesso, e poi il ventre e il petto e, infine, andava a fermarsi sul nostro labbro inferiore umido, a rubare le nostre voci per portarle nel suo regno d'aria, e beffardo se ne andava attraversando le stesse fessure dell'ingresso, ma se ne andava solenne, ora, e, dalla bassezza della terra, saliva alla volta celeste, spargeva i nostri vagiti a perforare gli eoni, a replicare la vibrazione delle nostre corde vocali appena emerse dal tepore onirico. Quell'aria ribollente professava la nostra fede a tutta la creazione, ogni alba il nostro fiato diventava una dossologia del vento. I vecchi frati, invece, erano fusi al noce degli scranni: come gli alberi in sfida contro la vertigine non appartenevano più a questo mondo, non emettevano più suono, nemmeno odore proprio, nel liquore dell'alba. Erano frati di legno, scolpiti per sempre. Noi, ragazzini con quei primi peli che facevano male, che procuravano prurito e arrossamento nel traforare la faccia, cercavamo di salire quelle albe altissime da ubriachi, da bisognosi di sonno e di consolazione, cercavamo di salirle col canto, colle cosce rigate, coll'amore per un Dio che avevamo preso l'abitudine di inventarci.

ABITAVAMO IL GIARDINO

Eravamo tutti entrati nel mondo in pianto, tirati fuori dall'acqua, pesci a boccheggiare nell'aria, viscidi, unti, usciti da una sacca persa nell'oceano, usciti dalla melodia per accedere alla confusione, al clamore. Il convento di Renacavata, dove eravamo novizi, era anche quel ritorno alla pozza d'acqua primordiale, a quella vitale putredine di girini. Lì era stata estratta pietra arenaria, noi riempivamo quella cava, quel vuoto ci accoglieva come un ventre, noi pietre vive per l'edificazione di un santuario.

In quella pozza c'inventavamo un Dio, quindi: c'era uno stampo primigenio, poi ognuno faceva quel che poteva di quell'immagine che abita la mente dell'uomo: è una immagine, è una fantasia, è un bisogno di adorazione. Forse anche i gatti hanno un dio gatto. Forse anche i cani hanno un dio cane. C'inventavamo un Dio nell'esilio, nella cerca furiosa dei frutti del Giardino. Ci sarebbe bastata una serra, a dire il vero, per considerarci creature edeniche.

Ma c'era confusione: perché non è vero che vi abita solo il silenzio, nei conventi. C'era baccano anche la notte, le celle erano piene di sogni, di vite impossibili che reclamavano una realtà, una rappresentazione sotto il sole. C'erano stridii soffocati di copule, polluzioni notturne agognate, figli desiderati che venivano rincorsi da madri e mogli desiderate. Le madri, le mogli e i figli devastavano i corridoi, mettevano a soqquadro le celle, accendevano ceri, bruciavano incenso sul carbone; si fermavano solo alla soglia del Coro: lì, noi, piccoli frati, entravamo intirizziti d'inverno, refrigerati d'estate, ma sempre cogli occhi che andavano desquamandosi. Si doveva porre freno a quella ridda di mogli e figli immaginali, a quegli aborti veramente vivi solo nel sonno, poi solo fuoco di paglia umida che riempiva di fumo il cervello. Scendevamo piano, ci puzzavano i piedi nudi nei sandali, avevamo sfoghi cutanei, camminavamo gobbi di stanchezza per quelle levatacce continue, per quel sonno che avevamo deciso di non dormire quasi mai, di dormire poco in quell'offerta di noi ad un Dio che ci aspettava in chiesa, dopo l'estenuante lotta notturna che ci aveva fatto figliare, che ci aveva fatto imbrattare le mutande di seme. Ci vergognavamo, di quel seme. Non solo: ne sentivamo la colpa, portavamo il peso di quel risibile peccato, mentre eravamo solo ragazzini panici che avevano dichiarato guerra al sonno e al testosterone. Ne sentivamo desiderio, di quell'imbrattamento, di quella secrezione notturna, di quell'albume d'uovo fresco tra le gambe. Impedendoci la copula e la masturbazione, negandoci la natura, ci attraversava la mente il desiderio limpido, la saetta della natura che compiva per noi il magistero dell'eiaculazione. Entravamo nel Coro: a volte con l'albume già secco sulle mutande; altre volte con l'albume ancora colante, e lo sentivamo scendere magari sulla coscia mentre stavamo in canto tesi alla vita eterna, tesi al sonno che avremmo dormito per sempre, tutti tesi a quella felicità ultraterrena.

Nel Giardino i cieli, le acque, le terre emerse e quelle infere si univano per parlare, attraverso il nostro canto, una sola lingua. Eravamo il crollo della torre di Babele, l'esperanto promesso, la glossolalia finale.

IL FUOCO EPIFANICO

Invocavamo il nome del parto della nostra mente ogni mattina, ogni pomeriggio, ogni sera, ogni notte, e, nella nostra sconfinata giovinezza, aspettavamo il portento, il miracolo, l'incarnazione del Dio davanti ai nostri occhi ancora capaci di meraviglia. La nostra vita era una vigilia continua, ancora riusciva a sorprenderci. Crescendo, abbandonando il Giardino, qualcuno ci renderà quasi impossibile quella meraviglia: sbranandoci gli occhi, impedendoci la visione, contaminando le nostre sinapsi, obbligandoci a vedere solo questo mondo.

Saltavamo come foche impazzite, e non sapevamo saltare. Saltavamo come foche su un campo minato, pieni d'amore per quel Dio che ci avevano insegnato a adorare. Stavamo fuori da quel mondo che aveva misconosciuto l'adorazione, che ne aveva orrore. Adoravamo un ciborio, ci squagliavamo davanti a una pala d'altare, ci faceva male tutto, sanguinavamo dal costato, inzuppavamo di miele una maglia della salute che conservava memoria del sudore di frati ormai abitatori dell'altro mondo, ormai depositati nel cimitero conventuale. Portavamo nella nostra carne di foca il peso di una felicità impossibile e saltavamo sul prato goffi, goffi come solo gli angeli e le foche sanno essere. Ma non sapevamo niente. Prendevamo in mano il badile e lo affondavamo nella terra, ci si inspessivano i palmi, ci facevano male, a sera. C'erano quelli così delicati che cadevano a terra e squittivano come topolini, c'erano quelli così forti che zappavano anche per altri due topolini; eravamo quel bestiario sacro, quei campi che aprivamo con la zappa nell'attesa di una nascita. E gli squarci che facevamo nella terra, per gettarci poi il seme, andavano richiudendosi, lasciavano fermentare il seme che poi riapriva la terra, buttava davanti ai nostri occhi quella meraviglia di germoglio che sarebbe diventato frutto, che ci avrebbe nutriti. Tra la terra e il cielo c'erano le nostre bocche ansiose, il nostro bisogno di ruminare, di bere. C'erano le nostre preghiere inutili di cui il mondo aveva bisogno per diventare grano da macina, per diventare pane, perché tutto fosse ricondotto a quel Dio fattosi pane, quel Dio che adoravamo, che amavamo come sposi impazziti di desiderio, gelosi fino alla malattia, fino al furore con cui ci cingevamo i fianchi, ci spremevamo i lombi, noi sterili, noi figli di un batterio diventato pesce, noi pesci zampettanti, noi foche da circo, eunuchi che avevano l'ardire di salvare il mondo solo salmodiando e zappando, così certi della fine da indossare tuniche marrone, da ridurci ad angeliche scimmie sterili nell'attesa di un imminente altro mondo, di un regno di sola felicità.

Cercavamo di costruirci un sacrario di ricordi per gli

anni a venire, gli anni in cui il nostro Dio sarebbe sparito, gli anni in cui il fervore sarebbe diventato disperazione o malinconia sfinita. Costruivamo cisterne per riempirle dell'acqua che zampillava dalla nostra mente dove abitava Dio, presaghi del tempo che sarebbe venuto inderogabilmente come una malattia: il tempo dell'arsura, del deserto abitato da visioni di demoni squillanti. Mettevamo da parte quell'acqua lustrale nelle cisterne per attraversare il deserto, per la terra arsa dove il seme sarebbe morto senza portare frutto, per quando i nostri gesti sacerdotali non avrebbero fatto risplendere più nulla, per le parole di luce che avremmo sprecato tra le volte dei santuari senza vederle risplendere, per gli anni della disperazione di orfani, per quando saremmo stati senza padre e senza madre, tentati dal Signore del mondo, il Padrone del deserto, quello che regala visioni di oasi mentre la febbre consuma la carne e risucchia l'ultimo fiato per trasformarlo nel vento che alimenta il fuoco della vanità del mondo.

La Chiesa, nostra madre, aveva scritto per noi il sontuoso copione che devotamente portavamo in scena, giorno dopo giorno. Attraversavamo l'anno liturgico memori della Pentecoste, di quelle lingue di fuoco scese sugli apostoli a farli parlare in lingue sconosciute, a spingerli, tramortiti dalle ustioni cerebrali che avevano scatenato nella loro mente la molecola della beatitudine, ad annunciare la Gioia. Facevamo memoria nel tempo in attesa della Parusia, della consumazione del tempo. Portavamo in scena la memoria di una salvezza già avvenuta, ma eravamo tesi agli ultimi tempi: aspettavamo il giorno in cui avremmo abbandonato alla terra il nostro corpo per vederlo, il nostro Dio immaginato, faccia a faccia. E quando accendemmo il fuoco epifanico, nella antica cava di rena che ci faceva da culla, da acquario dove noi si poteva nuotare come all'origine, noi caduti nel tempo, noi creati per non avere conoscenza del tempo, per aborrire la morte, noi creati solo per una narrazione, per una saga che aveva necessità di parola, per un teatro cosmico che abbisognava di figure sceniche, di burattini adorabili; e quando accendemmo il fuoco epifanico nella cava, scottandoci le dita, rischiando l'avvampare della barba che cominciava a crescere, ci ammassammo nella cava, in cerchio, all'alta fiamma, e in quel cupo bagliore ci rivelammo gli uni agli altri, così prossimi alla fusione, all'indistinto, all'origine, alla luce che vibrava fendenti al nero del fondale, a volerlo perforare, a volerlo squarciare, a cercare di sfondare la caduta nel male, a cercare di aprire il varco per quella dimensione che stava, dormiente, nel nostro cervello; e il crepitare della legna andava ad ardere quella noce dimezzata protetta da una calotta di osso, e la nostra mente creava, rappresentava il mondo mentre ci abbracciavamo nel fervore e nel calore del sangue irrorato dal vino della festa. Ci guardavamo attraverso le fiamme, disposti in cerchio, mente ricordavamo la manifestazione prima del Dio che ci era capitato di adorare per geografia e per destino. Ci guardavamo, attraversando con lo sguardo il fuoco. E noi, quando le nostre bocche si aprivano al canto, eravamo altro fuoco, un anello di fuoco a chiudere il nucleo della pira che simboleggiava il nostro Dio pesce che guizzava tra le fiamme, che solcava il cielo nero come un capodoglio gravido di olio da lucerna. Quell'olio che poi usciva a spruzzo come un respiro gioioso, a impregnare e poi incendiare tutta la creazione che ancora geme e soffre in attesa della rivelazione dei figli di Dio. Noi eravamo la definitiva promessa della fine dell'attesa. Invece le potenze dell'aria, quelle che combattevano contro il vento dossologico, mandarono tempesta sul nostro innocente fervore. Spensero quel cerchio di fuoco, disseminarono ai quattro venti i tizzoni del fuoco epifanico, ci buttarono cenere negli occhi relegandoci nella cecità e nella confusione.

COSÌ FU SERA, E POI FU MATTINA

Eravamo la sua gioia, il suo divertimento. Eravamo le trottole di un Dio bambino.

Il trillo di un campanello, azionato dalla mano comica del novizio assonnato di turno preposto alla sveglia, interrompeva bruscamente i nostri sogni. E, da quella mano comica che tutti avrebbe dovuto svegliare (ma qualcuno, immancabilmente, restava incatenato nel sonno, e scendeva le scale che portavano al Giardino correndo, rischiando capitomboli) partiva la saetta vibrante che ci toglieva all'altro mondo, allo stato equoreo obbligandoci a trangugiare l'aria. Quel trillo attraversava lo stretto corridoio della clausura e penetrava, prima del vento, nei nostri sogni. E ogni mattina era come la prima alba sorta sull'imperfetta sfera fumante. Erano i nostri occhi a costruire la materia del mondo, a dare vita ai segni degli umani che hanno l'ardire di radicare la storia.

Aprivi gli occhi che faceva ancora tenebra, li spalancavi sul nero del soffitto e prendevi a strofinarli. Il fosfene ti ingannava facendoti vedere figure angeliche svolazzanti. Ti veniva quasi da sputare piume.

Accendevi la luce e il bagliore della lampadina ti accecava. Era così piccola la tua cella che ti saresti potuto fare male anche solo inciampando appena alzato dal letto, ché avevi la parete alla destra del giaciglio a mezzo metro dalla scesa. Calzavi i sandali e i piedi ti facevano male, avevi i talloni ispessiti dai calli, d'inverno ti si spaccava quella dura crosta e ci stendevi sopra qualche goccia d'olio d'oliva, a lenimento. Aprivi la finestra e la distesa di ciliegi prendeva luce, ad intermittenza, dalle lampadine che ardevano nelle celle. Intanto qualche crepa cominciava ad aprirsi nella calotta nera che opprimeva ancora tutta la creazione. L'aria fresca o gelida ti percuoteva il volto, obbligandoti al necessario ricongiungimento col mondo emerso. La visione arborea ti portava dalla terra alle altezze abitate dagli uccelli e dai serafini. Avevi dormito poche volte col saio indosso: la prima notte, quella dopo la vestizione, e le notti in cui il nemico del genere umano non ti dava pace, quelle in cui tiravi su il cappuccio per il freddo e per impedire alla tua mente di essere preda del terrore notturno. Ordinariamente, invece, andavi a raccogliere il saio che stava, penzoloni, sull'attaccapanni posizionato sulla porta della cella. Pregavi preghiere che uscivano fuori da sole dalle tue labbra, mentre vestivi quella tunica come a vestire un'armatura. Non potevi più abitare il Giardino come un uomo nudo. Dal Giardino eri stato cacciato, dovevi coprire la tua nudità genitale con quella tunica marrone, ma eri ancora nudo. La gioia della nudità apparteneva al Giardino che ormai potevi attraversare solo steso sul letto e nel teatro estatico della tua mente. Eri felice, baciavi il saio prima di indossarlo, era come pelle che ti fioriva addosso. Cominciavi a pregare mentre sentivi scendere sulla carne quella armatura che ti permetteva di anelare alla rappresentazione del Giardino. Ti sedevi alla scrivania, leggevi qualche brano degli scritti di santa Teresa di Lisieux, quella ragazzina così prossima al nulla, al divino nulla, che ti faceva sentire meno solo nello sforzo di considerarti felice e redento, pronto a tutto. Prendevi qualche appunto. Quelle parole scritte alle cinque e trenta del mattino erano la trascrizione di una Grazia che ti abitava in quella cella come schiuma densa; e con quella schiuma densa aprivi la porta dopo aver chiuso il diario e posato la penna sulla scrivania.

Dal sonno emergevamo muti, completamente dimentichi della vita sotto il sole. La luna ci aveva impastato la lingua, e dovevamo lavarla nei fiumi della veglia per sciogliere quella densità di palude. Uscivamo vivi dal sonno, tutti impastati, e avevamo lingue nuove, ogni alba lingue nuove, e avevamo bisogno di acqua per sciogliere quelle lingue che dovevano modulare il nostro canto stonato, il nostro tentativo di rifare nuovamente il mondo, di accettare il sole. Aprivamo la porta della cella, inciampavamo nel saio, ci salutavamo con gesti trattenuti dalla melma che, pesante, ci colava dal corpo; ci amavamo in quella palude, piccoli girini santi, lumache pronte a lasciare un segno di bava e schiuma sul mondo, prossime ad essere schiacciate.

Di lì a qualche minuto il canto dei salmi ci avrebbe aperto la bocca, ci avrebbe sciolto la lingua, avrebbe dato fuoco alla scia di bava che avevamo tracciato dalla cella al Coro e alla chiesa dove le pietre salivano verso il cielo, incandescenti; le nostre lingue di fuoco facevano vergognare le vibratili lingue delle vipere che dominavano il Calvario, come a proteggerci col veleno, come a dirci "restate qui, fuori da questo recinto il mondo è vano".

Uscivi, quindi: la schiuma ti spingeva, i tuoi fratelli levitavano tra le pareti della clausura, le loro sacre vesti sembravano bollire nella schiuma che usciva dalle porte ancora chiuse, approfittando dello spiffero sotto la porta. La schiuma ci spingeva via: qualcuno ci rimaneva dentro, inciampando nell'aria, nel bollore. Ci si lavava il viso, ci si concedeva la minzione, i riti del corpo, e poi si scendeva verso la chiesa, verso il Giardino. Andavamo al posto assegnatoci nel Coro. Aprivamo il breviario. Il Padre Guardiano principiava la Liturgia delle Ore, dicendo: «Signore apri le mie labbra» e noi, in corale risposta: «E la mia bocca proclami la tua lode». Segnandoci col segno della croce cominciavamo ad accordare la mente con la voce. Dopo l'Ufficio delle letture stavamo per mezz'ora in meditazione silenziosa. Vicini, eppure ognuno a percorrere in solitaria le assi del palcoscenico della propria mente. Dopo quel tempo di silenzio, rotto solo dal gorgoglio dello stomaco, da colpi di tosse, da sbadigli soffocati, era la volta delle Lodi mattutine, quel canto di lode che risuona eternamente nelle sedi celesti e che noi facevamo riecheggiare nella terra del nostro esilio. Laggiù, nel Giardino, ci era dato solo il canto per uscire da noi mentre stavamo insieme, ammassati nella preghiera e nel rito. E cantavamo così rapiti da non sentire il peso della carne, della condanna creaturale che, muta, abitava i nostri nervi destinati a cedere. Il canto ci usciva di bocca e andava a lambire le pietre, si faceva nuvola d'incenso in combustione. Ci rincorrevamo nell'aria colle nostre voci, coi nostri squittii; cantavamo in un responsorio, di giorno e di notte, così dimentichi della nostra carne da diventare uccelli in volo sognati dagli alberi, cervi in corsa sognati dalla terra, delfini in guizzo sognati dall'acqua.

Noi, intirizzite creature che appena cominciavano a mettere pelo, figlie di una Vergine che schiacciava il capo di un serpente e portava una corona di stelle, ci sentivamo pronti a tutto, innocenti e ciechi. Non conoscevamo l'impotenza, la furia del non poter fare niente, dell'essere inchiodati a una trave. Immaginavamo il dolore ed eravamo solo pieni di una vita che ci infiammava il bacino, ci infuocava le gote, ci drogava la mente, ci anestetizzava l'amigdala. Non sapevamo niente ma eravamo demiurghi bambini, piccoli artigiani di un mondo di creta, manipolatori di fantocci, spaventapasseri, golem, pupazzi di neve. Non sapevamo niente ma eravamo la materia sgorgante. Eravamo la vita che, cieca, si espande, si difende, prende possesso, scardina, domina e soccombe e rinasce. Eravamo il tumulto delle origini, quel tempo fuori dal tempo in cui il nostro Dio non sapeva ancora di esistere, in cui il nostro Dio non poteva esistere. Quel Dio aveva bisogno di noi, della nostra coscienza, della nostra mente per esistere, per essere adorato. Noi eravamo i padri del Dio Padre, gli davamo la vita col sangue che il nostro giovane cuore pompava, colle nostre sinapsi che avevano l'ardire di architettare universi.

Dal Coro ci spostavamo in chiesa percorrendo pochi metri. Cominciava la messa, la nostra sacra rappresentazione. Noi davamo carne a Dio e di quella carne ci nutrivamo ogni mattina, andando a cibarci a capo chino, con la mente appena uscita dal brodo del sonno, così ribollente, così amniotica, così gongolante nel baluginio delle candele infuocate sull'altare, e avvicinandoci alla fiamma ci prendeva fuoco la barba, avevamo la faccia arsa mentre spalancavamo la bocca per ricevere il corpo di Cristo, quell'ostia che andava a cadere sulle nostre lingue asciutte, ad incollarsi ai nostri palati, a bruciare nella fornace delle nostre gole, e tornavamo al banco della chiesa colle facce bruciate, con il cranio in fiamme; eravamo fiaccole in ginocchio, facevamo luminaria fra quelle mura in pietra viva, ogni alba era un incendio sul mondo ormai vecchio, un incendio in un'antica cava di rena. Quell'incendio si nutriva di noi per crepitare, quella era la luce. Non avevamo profezia perché eravamo la profezia. Non avevamo carità perché eravamo la carità.

Abitavamo il Giardino, lasciavamo sudore nel Giardino e ne coglievamo i frutti butterati. Sognavamo gli stessi sogni degli angeli. Sbucciavamo le patate dopo averle liberate dalla terra e recidevamo steli di fiori che avremmo messo in vasi dal collo sottile, per adorare un

Nulla che ci riempiva la vita. Eravamo felici, recidendo, quasi in pianto, steli di fiori che avevamo fatto crescere come figli che si abbandonano allo sterminato gioco della vita; eravamo felici per quei fiori che ardevano più di noi in quel lampo che li bruciava, che dava senso, che portava a compimento la loro natura che era ardere e profumare, instupidire gli umani di felicità. Eravamo portatori di luce che si alzavano dal letto mentre faceva ancora buio, e ancora buio avrebbe fatto per qualche ora nel tempo dell'inverno; quando la lana non bastava a scaldarci e per avere calore prendevamo ad immaginare il nostro Dio appena sgravato al freddo, in una mangiatoia, scaldato dal fiato animale di un bue e di un asino, omaggiato poi di profumi destinati ai viaggi dell'oltretomba, ai morti che non patiscono più freddo. Passavamo così, dalla veglia al sonno e poi, a ritroso, dal sonno alla veglia. Spesso restavamo in uno stato intermedio. E ognuno, poi, sognava quello che poteva. Ognuno si trascinava dietro il suo retaggio. Ognuno scendeva nel sonno, in quel regno perfetto, con quanto gli aveva morso le calcagna. Chi sognava una casa contadina e chi una casa popolare. Chi sognava una copula gloriosa con una sposa rotonda e chi sognava una copula gloriosa col vicino di cella. Tutti sognavamo l'amore, comunque. Pieno, infinito, capace di farci attraversare indenni il buio, di uccidere i mostri che venivano dopo i sogni dell'amore, che venivano a distruggere i sogni dell'amore, a infettarli, a crepare il cuore, a lasciare sudore anche nel gelo dell'inverno sulle dure lenzuola del noviziato, quelle lenzuola impregnate e spremute.

Quando ti alzavi, la notte, perché ti era d'obbligo la minzione, aprivi piano la porta della cella, e c'era tutto quel buio appena rotto da una fiammella, e c'erano quei volti di santi sulle pareti così vicine che, a camminare così pieno di sonno, ti pareva che ti stessero per schiacciare, e c'era quella luce piccola, quella fiammella sfocata che ti indicava la via, e mentre camminavi avevi tremore, e c'erano tutti quei santi barbuti che ti avevano preceduto in quella camminata notturna, che come te avevano tremato colla vescica piena, di notte, sognanti, deliranti, felici, così maestosamente fuori dal mondo, così condannati ad attraversare l'illusione del tempo.

Al termine della messa, si andava a porre freno al brontolio dello stomaco. Il latte, il caffè, il ciauscolo spalmato sul pane. Qualche vecchio frate, da buona abitudine contadina, beveva un bicchiere di vino rosso invece del caffè o del latte. Dopo un paio di ore passate a salmodiare, a cantare, a meditare, a cercare la beatitudine delle schiere celesti, prendevate a parlare tra di voi, col latte che andava a bagnarvi i baffi. Eravate nuovamente nel mondo, e "frate asino" reclamava per sé l'attenzione per poter trottare. Si tornava in cella e ci si preparava ai turni di pulizia. A rotazione ognuno si prendeva cura di una parte del convento. Era tutto un andirivieni di scope e stracci. Eravamo sedici maschi che pulivano i loro segni in quello spazio sacro, i loro scarti. Qualcuno non sapeva nemmeno tenere in mano una scopa e non avrebbe mai imparato a farlo. Finite le pulizie ci si preparava per lo studio. Si tornava in cella a prendere i quaderni e la penna, si scendeva nella sala dello studio, accanto alla biblioteca conventuale. Non pativamo la gogna dell'accademia. Stavamo lì, composti, con i quadernoni a righe aperti sui banchi ad appuntare le parole del frate di turno che ci impartiva lezioni di storia del francescanesimo, di storia della spiritualità, di teologia ascetica e mistica, di psicologia della vita consacrata. Tu divoravi i libri. Avevi fame, volevi conoscere. Nell'anno di noviziato avevi scoperto Dostoevskij, Melville, il potere della parola che proiettava la tua mente verso il silenzio, verso la liberazione.

Si arrivava, più o meno storditi, a mezzogiorno. Raccoglievamo i nostri quaderni, lasciavamo la biblioteca per tornare brevemente in cella. E poi di nuovo giù a precipizio, in chiesa per la preghiera dell'Ora Sesta. Lasciavamo il Coro per il refettorio, per il pranzo. Chi mangiava piano, chi voracemente. C'erano i secchi e c'erano i grassi. C'era chi ingrassava solo per il vento e chi assottigliava solo per il vento. Eravamo una congrega di sconosciuti che si erano trovati, casualmente, arrivando da terre diverse, alla stessa tavola. Il cibo è comunione. Coi gomiti poggiati sulla stessa mensa percorsa e ripercorsa da generazioni di frati, mangiavamo le fave crude con l'olio e il sale, alla stessa tavola bevevamo il vino centellinato che altri frati avevano provveduto a spremere dal grappolo, a pestare nella tinozza. Dormivamo uno accanto all'altro, in quella sacra promiscuità. Ci inventavamo il mondo e la vita, stavamo tutti dentro quella sacra rappresentazione. Ci amavamo come si amano gli angeli, quegli esseri alati che hanno portato la confusione in questo mondo. Qualcuno, timidamente, provava ad amoreggiare con un altro: c'era chi faceva il maschio e chi faceva la femmina. Chi faceva la moglie e chi il marito. Chi la madre e chi il padre. Chi il figlio, chi il nipote. Eravamo una famiglia. Finalmente i nostri cuori si aprivano e la tavola si riempiva di cibo cucinato da Fra Crispino, il santo analfabeta che, non sapendo leggere, in Coro sgranava la corona del rosario mentre noi recitavamo o cantavamo i salmi e le preghiere del breviario. Fra Crispino non raggiungeva il metro e mezzo di statura, era gobbo, aveva le dita delle mani lunghissime, sproporzionate. Trascinava i piedi martoriati, costretti in pantofole marrone. Non parlava, biascicava, emetteva suoni sorridendo. Si narrava che avesse usato alcune stampe del Settecento, prese in biblioteca, per infilarle sul fondo della gabbia degli uccelli. Il suo aiuto in cucina era Fra Giuseppe, che era anche il barbiere del convento (prima di vestire l'abito francescano aveva infatti esercitato la professione di barbiere). Fra Giuseppe parlava pochissimo, e, quando provava a farlo, tartagliava e le gote gli si imporporavano. Lui, Fra Crispino e Fra Damiano, il frate ortolano, erano i frati della fatica, gli illetterati cari al Francesco d'Assisi giullare. Uscendo dal Giardino li avresti veduti morire ad uno ad uno, come animali in estinzione, i frati della fatica, quelli che avevano permesso per secoli ai conventi di esistere, mentre i frati dotti predicavano un verbo sterile, una vana teologia. Quando avresti preso a frequentare l'accademia, avresti anche visto i tuoi confratelli disprezzare il lavoro manuale. I frati della fatica non parlavano mai ed erano sciancati, rovinati dal lavoro manuale e dalla preghiera, meravigliosamente belli. Avresti visto moltiplicarsi i frati professori, in realtà ignoranti, chiusi alla meraviglia, votati alla chiacchiera mondana. I frati professori allontanavano da ogni possibile immaginazione di Dio; perché Dio aveva abitato le foreste, le grotte, si era offerto nell'acqua delle sorgenti, aveva parlato agli umani per mezzo dei volatili. E gli sciamani cristiani avevano parlato coi volatili, ammansito lupi, domato vipere, piantato bastoni che sarebbero diventati castagni sacri, emesso sangue da piaghe che foravano i palmi delle mani, levitato. I frati della fatica, incapaci di leggere, avevano solo formule magiche da ripetere ossessivamente, avevano solo segni da offrire alla visione, non parole da offrire all'interpretazione; avevano solo esempio da dare. Il popolo santo di Dio, il popolo della fatica, cercava solo loro per avere conforto, per vedere un miracolo nell'orrore di un'esistenza da affamati e umiliati.

Dopo il pranzo si riassettava il refettorio e, a turno, si lavavano i piatti e si puliva la cucina. Ci restava un'ora, prima di riprendere il ciclo della preghiera. Dopo una fugace ricreazione, si saliva in clausura per abbandonarci a un breve sonno. Alle tre del pomeriggio, usciti dal breve sonno del dopo pranzo, si tornava a scendere le scale che ci portavano nel Coro, nel Giardino. Dopo aver pregato l'Ora Nona, cominciava l'ipnotica recita del Rosario e la lotta contro il demone meridiano.

Ripercorrendo la vita e le gesta del nostro Dio, entrato nel mondo attraverso il grembo di una Vergine, come ad oltrepassare un varco dimensionale, contemplavamo, nuovamente emersi dal sonno, quei misteri di volta in volta gaudiosi, dolorosi e gloriosi, fino ad entrare in estasi. Venivamo portati via, abbandonavamo gli scranni, gli inginocchiatoi si facevano polvere: le dita andavano da sole a percorrere i grani della corona che avevamo appesa al cingolo, le nostre voci biascicavano quel mantra che faceva ascendere la nostra mente: le travi del soffitto erano un pullulare di anime che andavano a giocare con le creature alate. Danzavamo a testa in giù in un mondo capovolto: era il soffitto del Coro il nostro pavimento. Da quell'altezza lasciavamo i nostri corpi con il loro peso nello spazio dato dalla forza di gravità; noi, anime immerse in un altro regno, con la ripetizione della preghiera mariana per eccellenza, levitavamo. A volte, invece, qualcuno si addormentava. Fra Felice, un giorno, cominciò proprio a russare, e avreste dovuto vedere come si riempì il Coro di risate, come tutti precipitammo dal soffitto per prendere parte all'allegrezza compiuta che il nostro Dio, incarnandosi, ci aveva promesso. Fra Felice aveva superato tutti in levitazione, aveva perforato il soffitto, pregava ormai oltre le tegole. Sbuffava come un camino, collassato con la fronte a lambire il legno del banco coreutico e la corona del rosario in grembo. Noi ragazzini prendemmo a ridere, anche i vecchi frati ebbero un sussulto, come vischio che mette foglie d'inverno sulla quercia. Quel suono ronfante che usciva dalla bocca di Fra Felice era la salvezza che ci aveva promesso il Salvatore, era la riproposizione della giullaresca vita del santo di cui avevamo preso a seguire le orme: non l'agonizzante stratega stimmatizzato, funzionale alla Chiesa e al potere, ma il Giullare pazzo che per poco tempo aveva potuto essere Francesco.

Uscimmo da quella risata solenne come creature rinate. Dopo il Rosario arrivava il tempo del lavoro pomeridiano, della confidenza che prendevamo coi lombrichi vangando la terra umida, con gli insetti che si nutrivano dei frutti e degli ortaggi che Fra Damiano coltivava, con le api che Padre Cipriano ammaestrava per raccogliere il prezioso miele che poi colava nei barattoli di vetro per guarirci dai dolori di petto e per consolarci. Tu conoscevi già la bassezza della terra, altri nemmeno ne sapevano l'odore. La fatica abitava i tuoi nervi, era la tara dei tuoi nonni contadini. Ma ci veniva insegnato l'inchino, l'adorazione di quella pasta sulla quale si posavano le piante dei nostri piedi. Dalla terra eravamo sorti e nella terra saremmo sprofondati. Eravamo felici, eravamo troppo felici perché potessimo continuare ad esserlo. Era solo un anno, solo una scheggia. Eravamo condannati a crescere, a dimenticare tutta quella felicità, quell'adorazione. Renacavata era, infine, solo il convento che abitavamo, con i campi e il bosco.

Nelle ore dopo il Rosario, oltre ai campi ci prendevamo cura di quello che stava fuori dalle mura: raccogliere il fogliame secco, sradicare l'erba matta che voleva invadere il viale che portava alla cappella del cimitero. Tu vivevi costantemente dentro un grande racconto di morte e rinascita, abitavi quella boscaglia di cui ti prendevi cura come un pagano, ascoltando la voce delle divinità ctonie, del tuo Cristo sceso agli inferi, della tua Vergine partoriente e poi dormiente e poi ascendente.

Ci si fece incontro la morte, un giorno. Era venuto in convento un gruppo di frati spagnoli, a ripercorrere le origini della riforma cappuccina, a visitare i luoghi del fervore che aveva infiammato la mente di Matteo da Bascio e dei suoi primi confratelli. Per due giorni il refettorio a stento ci aveva contenuti, stavamo ammassati nel Coro e nella minuscola chiesa. Avevi parlato per un'ora, una sera, con un anziano frate spagnolo coi denti gialli per il troppo fumo, che ti raccontava del suo innamoramento per Teresa d'Ávila. Lo guardavi, dal basso dei tuoi ventun anni, ascoltavi quell'italo-spagnolo melico, ti raggiungevano zaffate di alito tabaccoso. Anche tu fumavi. Eri riuscito a farti la quaresima senza sigarette, poi eri crollato e avevi ripreso a fumare le tue cinque sigarette al giorno. Le MS te le aveva spedite tua madre, un po' di stecche che ti sarebbero bastate per tutto l'anno e che avevi condiviso con gli altri due novizi fumatori. Tua madre ti aveva mandato, avvolte in quel pacco, anche diverse stecche di cioccolata. Da ragazzino ne eri ghiotto, poi avresti smesso, all'improvviso, di mangiare dolci, come a adeguarti all'amarezza del mondo. Il giorno prima della partenza di quei fratelli spagnoli successe che quel frate dai denti gialli abbandonò questo mondo e tutte le sue brutture. Lo fulminò un infarto, nel sonno. Noi novizi abitavamo nell'ala novecentesca del convento. L'ala cinquecentesca, ristrutturata più volte, aveva delle celle ancor più piccole delle nostre, con le pareti in pietra viva. E qui, circondato dalla pietra viva, il frate spagnolo di cui non ricordi il nome era stato liberato dall'illusione del tempo.

Il vescovo di Camerino venne a celebrare le esequie. Noi novizi, a turno, vegliammo il cadavere dalla notte all'alba. Mentre fissavi il corpo inerme di questo tuo vecchio confratello composto nella bara, tu, assorto nella meditazione e nella preghiera, stavi per trapassare il velo della materia grazie al sonno incipiente, quando, improvvisamente, una mosca, schizzata fuori da una narice del frate immobile, ti riportò sulla terra. Fu solo un piccolo salto, i tuoi confratelli nemmeno se ne accorsero. Fu solo un piccolo battito accelerato del tuo cuore.

La morte improvvisa era stata dopotutto la tua vera catechesi: già ti era capitato, da postulante, di andare in un convento di suore servito dai frati per portare il corpo morto di una consorella nella stanza della veglia funebre. Avevi sentito nelle tue mani quella carne che non esisteva più, avevi sceso quelle scale con quel corpo che era stato ritto. Avevi già sentito la morte. E l'avevi sentita un'altra volta in quella veglia funebre, con quella mosca saettante a farti spavento e compagnia. Non ti spaventava la morte, la invocavi la morte, perché ti avrebbe portato dove immaginavi stesse il tuo Dio. Ti spaventava la vita sotto il sole, i giorni che sarebbero inevitabilmente venuti. Lo sognavi spesso quel rogo. Un giorno qualcuno avrebbe appiccato fuoco al Giardino e tu, invece di ardere, saresti stato a guardare.

A destra del cimitero conventuale, a una cinquantina di metri, cominciava la salita di quel cocuzzolo che avevamo preso a chiamare Calvario. Era un bosco attraversato da una strada in terra battuta che si inerpicava fino a una grande croce. La strada era scandita dalle stazioni della via crucis. Ai piedi del cocuzzolo, una grande vasca per la raccolta delle acque piovane.

Salivamo il Calvario insieme o in solitaria, a cercare conforto in quel grembo vegetale. E poi scendevamo che ci facevano male i piedi e scherzavamo, e ci sfioravamo ridendo e in quei piccoli tocchi c'era tutto il nostro desiderio. Scendevamo dal Calvario quasi ruzzolando e avevamo un amore ancora intatto, ancora incorrotto. «Da dove venite?» ci chiedevano gli angeli mentre ruzzolavamo, e noi avevamo solo risa in risposta. «Da dove venite, dove state andando?» continuavano a gridarci, e tu ti sei girato, una sola volta, quella volta che, saettando, la vipera ti passò sotto l'arco delle gambe, mancando il calcagno per volontà dell'angelo chiacchierone. Rispondesti: «Stiamo andando dove vuole il Signore Iddio».

Scendevamo incoscienti, senza dolore, eppure eravamo tutto un grumo di dolore mentre ci sfioravamo, innocenti, tra le vipere sante che ci amavano, tra gli angeli che avevano paura, che tremavano, che vibravano, invisibili, nell'aria, frenetici, che facevano fioccare piume tra noi e le piccole vipere frastornate. Le vipere addentavano piume, dilapidavano il loro veleno nel volatile piumaggio angelico; le vipere amavano l'aria mentre cercavano di proteggerci, di farci morire lì, nel sacro recinto. Gli angeli, invece, nella loro assurda bontà, volevano farci uscire per farci entrare nel mondo. Avremmo dovuto amare le vipere, non gli angeli tremanti: l'amore delle vipere ci avrebbe permesso di restare laggiù, nella cava di rena, con il calcagno pieno di peli teneri addentato, segnato da una macchia violacea, con quel breve collasso che ci avrebbe fatto salire al Regno dei cieli direttamente dalla cava, con quel siero che dal polpaccio avrebbe attraversato il ginocchio, il quadricipite, il bacino, le reni, il costato per finire nel cuore, quello stesso cuore che il Dio che avevamo preso l'abitudine di inventarci aveva avuto trafitto da una lancia. Ci sarebbe stato concesso di salire al cielo per quel veleno di serpe saettante. Gli angeli, nel loro amore piumato, ce lo impedirono. Avrebbero fatto di noi creature votate al gioco sterminato del mondo. Tu avresti voluto finire lì la tua esistenza terrena, coperto dalla tua sottana santa. Scendevamo così: lussuriosi, toccandoci, accarezzandoci, e le serpi covanti e annidate tra i rovi ci amavano quanto gli angeli sospesi negli interstizi dell'interregno. Eravamo troppo amati. Per questo abbiamo continuato a vivere. L'amore fa continuare il mondo.

E dopo la cura della terra, dopo la schiena piegata, andavamo a pulirci un poco, a toglierci il fango e la polvere di dosso, la terra che invadeva le unghie di mani e piedi. Un breve raccoglimento nella cella, nella nostra nuova sacca amniotica, e poi di nuovo giù dalle scale, per riprendere a salmodiare, per cantare i Vespri. E dopo il Vespro arrivava l'ora della cena. A sera, si leggeva il necrologio. A cena finita, i vecchi frati con le molliche di pane a giocare a nascondino nel folto della barba, l'occhio annacquato dal poco vino e dalla memoria attaccata alla vita terrena, si ricordavano i morti. Stavano così, ghiotti di sonno, curvi sul desco, immobili fino a che la memoria dei morti a loro cari non gli armava le mani, che andavano a torturare, piano, la barba, fino a che le dita non andavano a rastrellare quei lunghissimi peli, a spazzare via i resti del cibo, le molliche del pane; i vecchi frati ricordavano i loro confratelli morti, ormai maestri di eternità, mentre loro erano ancora apprendisti, ancora spaventati dal lavorio dell'eternità a venire che presagivano nello spavento del sonno, quando il cuore sbagliava il ritmo, quando la coperta sembrava il coperchio di una bara.

Tu, giovane fraticello, sentivi raccontare dei morti del giorno; sentivi annunciare dal lettore di turno le loro gesta, a volte lunghe, a volte brevissime, come se nella brevità si dovesse contenere una mancanza di perfezione; sentivi raccontare la vita di chi aveva abitato le mura che abitavi tu con la tua carne guizzante, col tuo sangue impazzito di ragazzino; spiavi gli occhi annacquati dei vecchi frati; guardavi le briciole sul legno scavato, percorso dall'usura procurata da stoviglie, piatti, gomiti, unghie; guardavi il fiasco impagliato del vino posizionato sul tavolo centrale; guardavi le tazze chiazzate di un rosso scuro da dove i vecchi frati avevano bevuto quel succo che i novizi avevamo provveduto a pestare coi loro piedi innocenti nella tinozza, sfiorandosi, guardandosi di straforo, ridendo, sguaiati come i bambini, dolci come i bambini, lasciando cadere sudore nella melma d'uva. Anche a te s'annacquava la vista in quel memento mori, in quel ricordo di chi non avevi mai conosciuto e di cui sentivi raccontare in didascalia, in canone, le gesta terrene, l'apprendistato all'eternità, quella santità quotidiana. Ci aspettava, di lì a poco, il Coro, l'apertura del breviario per l'ultima preghiera comune prima del giaciglio. Bisognosi di sonno come all'alba, noi giovani eunuchi. Insonni, i vecchi frati, speranzosi di non morire soffrendo, magari di essere portati nel necrologio serotino dagli angeli, tra una bradicardia e l'altra, nel sonno.

E dopo la cena, la ricreazione serale. Nelle sere di novembre lasciavamo andare le castagne sulla padella forata. Prima le sgusciavamo, poi le incidevamo; avevamo i polpastrelli feriti dagli spini, un po' di sangue ci veniva fuori e andava a sfrigolare sul fuoco con la castagna ferita che anneriva; e, mentre si beveva il vino novello, e si soffiava sulle castagne appena tolte dal fuoco, si era felici. Ebbri, si cantava poi la Compieta nel Coro, e infine si andava a dormire, coi pezzi di castagna ancora infilati tra i denti, si andava a dormire sorridendo, aprendo la porta della cella, prima delle poche ore di sonno, prima di fare l'amore col nostro Dio immaginato.

Avevamo ancora la pelle morbida e la carne tenera dei ragazzini. In quelle sere guardavamo di sottecchi la poca pelle esposta dei vecchi frati, quella che emergeva sulle gote e sulla fronte, quella delle mani, quella dei piedi. Guardavamo quel lento inspessirsi, quella desquamazione; sentivamo, con terrore, che anche la nostra pelle prima o poi avrebbe ceduto, che la nostra carne si sarebbe gonfiata di acqua, che avremmo cambiato pelle come serpenti, che i nostri muscoli guizzanti, in trionfo sul tempo, avrebbero preso a zavorrarci, che le ossa avrebbero preso a dolerci, a scricchiolare prima di uno schianto da rami secchi. Nella pelle dei vecchi frati volevamo vedere la possibile vittoria sulla morte, ma era solo in pareidolia: c'inventavamo deità, volti di Cristo sul suolo lunare, stimmate dove c'erano solo croste. La vita è sangue che pulsa, la vita è quello stato che smette di essere quando il sangue smette di pulsare, altro che teorie morali, ideologie, appartenenze partitiche. La vita è solo il giro continuo del sangue che irrora il cervello. Il cervello inventa, nella visione, il mondo. Dov'è il male, dov'è il peccato? La vipera è santa o peccatrice? Fino a dove si può spingere la mente? Può essere allagata dall'idea di Dio? E quell'idea può dare impulsi alla pompa cardiaca? E quella pompa può incendiare il sangue, oppure i frammenti di noi continueranno ad essere il grano che non potrà mai crescere sotto le ruote dell'Apollo 16, in quella piana lunare osservata distrattamente da una protuberanza esosa, praticamente uno sbaglio rispetto al nero insondabile del fondale? Chi saltellava sulla sabbia lunare, chi aveva il dominio di quella malinconica immagine capace di governare le maree, di far crescere la meraviglia negli umani? Di far illanguidire le menti, di regolare gli umori, la circolazione del sangue, il deflusso del sangue marcio? Chi danzava su quella sabbia lasciando impronte antropomorfe, e chi invece, non visto, svolazzava nero nel buio cosmico a confondersi, a creare un planetario di altri svolazzamenti invisibili, a indicare la via di fuga, l'apertura che immette nei mondi, nelle tante menti di Dio e nelle tante menti degli uomini che arrancano sotto la luce del sole e arrancano, dormienti, sotto la luce della luna, nelle tante, infinite possibilità di creare angeli, di creare demoni, di creare universi, di creare niente perché si è creato tutto?

C'inventavamo tutto e, a tratti, eravamo felici. Il Dio che avevamo creato ci stringeva la mano mentre lo portavamo a scoprire il nostro mondo, camminando piano con lui, vecchio e saggio, e mentre camminavamo il nostro Dio inventato continuava a ripetere: «Così fu sera, e poi fu mattina».

E dopo la Compieta salivamo le scale, imboccavamo il corridoio della clausura, verso il sonno. Sognavamo gli stessi sogni? I nostri mondi onirici erano comunicanti? Passavano, attraverso le pareti, di cella in cella, di mente in mente, a costruire un unico, grande sogno mentre stavamo distesi? Faceva sera e poi faceva mattina, come la prima volta che tutta la creazione era uscita dalla mente sognante di Dio.

I PANNI DELLA PROVA

Eravate entrati nel convento di Renacavata pochi mesi prima, un lunedì di settembre. Nel giro di una settimana avevate smesso gli abiti del mondo, avevate indossato il saio e vi eravate cinti la vita con un cingolo. Sulla parete accanto alla porta della clausura del noviziato, nell'ala settecentesca, era affrescato un enorme angelo, alto almeno tre metri. Sotto le sue ali raccoglieva dei ragazzini con un fagotto in spalla, che gli arrivavano appena sopra le ginocchia. Il braccio destro steso in avanti, a indicare la porta della clausura. Era l'angelo dei novizi, quello che da trecento anni scortava dei ragazzini tremanti verso la porta che conduceva a un altro mondo.

Iniziava così, il tuo anno di noviziato, sotto le ali di quell'angelo immenso, nel segno di quella sproporzione, di quella volontà a varcare una soglia per non tornare più indietro. La prima notte col saio indosso non riuscivi a prendere sonno. Sei stato a lungo alla finestra, col cappuccio sollevato, a pregare, almeno a provarci. La luna regalava la luce che poteva. E in quel dono di luce lunare, nel suo giocare nella boscaglia, indovinavi forme di cetacei. Il bisogno di sonno che ti stordiva prese a far muovere quelle forme, quelle balene immaginate, e prese pure a farti sentire il canto di quei cetacei lunari. Avrebbero cantato per te ogni volta che ti saresti affacciato alla finestra della tua cella, quelle balene rollanti nella boscaglia e nelle costellazioni, per quella tua innocenza che avevano preso a custodire, su mandato dell'angelo immenso.

Il nostro definitivo ingresso nell'altro mondo, la nostra prima rinascita, era cominciata con il rito della vestizione. Nel convento di Renacavata, in quell'alambicco, avevamo preso a fermentare, a cambiare pelle spogliandoci dei nostri vestiti e indossando il saio, i "panni della prova" nella riproposizione imposta dalla riforma dell'Ordine dei frati minori Cappuccini, così chiamati dal cappuccio piramidale cucito sul saio. Nel Cinquecento, Fra Matteo da Bascio assieme a tre confratelli, tutti provenienti dalla famiglia minoritica osservante, decisero di tornare alla purezza delle origini, come a pretenderla, come a pensarla ancora possibile, la purezza, nella confusione del mondo. Quelle anguille guizzanti, quei ragazzi barbuti che anelavano alla purezza nell'impurità del mondo. Che reclamavano un ritorno alle origini magiche del francescanesimo, quello che andava a insediarsi in luoghi impervi, nei boschi, nei pressi di grotte, prendendo per questo reclamo bastonate sul cranio, scherno, umiliazione, prigione. Ma tanto loro vivevano come un dardo fra la corda tesissima della balestra, pronti ad essere scagliati, definitivamente, altrove. Volevano vivere nei romitori e nei piccoli conventi di campagna, come era stato alle origini del francescanesimo, abbandonando gli agi della vita conventuale cittadina. Fu la duchessa di Camerino, Caterina Cibo, a salvarli dalla persecuzione, a prenderli sotto la sua ala protettiva ammirata dalla dedizione con cui quei frati ribelli assistevano i moribondi durante la peste scoppiata nel 1523. Fu lei a intercedere presso lo zio materno Clemente VII, che promulgò la bolla *Religionis zelus*, grazie alla quale qual manipolo di frati poté smettere di patire persecuzione. Per alcuni anni i frati Cappuccini abitarono a Colmenzone, ma l'asprezza e l'insalubrità del clima, che causarono la morte di ben dieci religiosi, spinsero la duchessa a concedere ai frati un fabbricato a Renacavata, adattato a convento dagli stessi religiosi.

L'anno di noviziato era il primo gradino che avrebbe dovuto portarci a diventare quello che aveva scritto il Manzoni: "Tale era la condizione de' Cappuccini, che nulla pareva per loro troppo basso, né troppo elevato. Servir gl'infimi, ed essere servito da' potenti, entrar ne' palazzi e ne' tuguri, con lo stesso contegno d'umiltà e di sicurezza, esser talvolta, nella stessa casa, un soggetto di passatempo, e un personaggio senza il quale non si decideva nulla, chieder l'elemosina per tutto, e farla a tutti quelli che la chiedevano al convento, a tutto era avvezzo un cappuccino".

E così arrivammo a Renacavata, dopo l'anno di postulato, "il periodo della formazione iniziale e della scelta da farsi della nostra vita. In tale periodo", come recitano le Costituzioni dei frati minori Cappuccini, "il candidato conosce la nostra vita, e la Fraternità, da parte sua, conosce meglio il candidato e può vagliarne la vocazione. La formazione dei postulanti tende, soprattutto, a completare la catechesi della fede e comprende l'introduzione alla liturgia, il metodo dell'orazione, l'istruzione francescana e la prima esperienza di lavoro apostolico. Devono essere anche rafforzate e promosse la maturità umana, specialmente affettiva, e l'attitudine a saper discernere evangelicamente i segni dei tempi". Nei primi anni Novanta la crisi delle vocazioni era già esplosa, quindi non vi era già più una sede di noviziato per ogni provincia religiosa. A Camerino si raccoglievano i novizi delle provincie religiose del Centro Italia, con l'aggiunta della provincia di Malta. Le Costituzioni parlavano chiaro, la nostra vita avrebbe dovuto essere questa: "Il noviziato è il periodo di più intensa iniziazione e di più profonda esperienza della vita evangelica francescano-cappuccina nelle sue esigenze fondamentali e suppone una scelta libera e matura della vita religiosa. La direzione dei novizi, sotto l'autorità dei superiori maggiori, è riservata al solo maestro, che sia frate dell'Ordine e abbia emesso i voti perpetui. La formazione del novizio si fonda sui valori della nostra vita consacrata conosciuti e vissuti alla luce dell'esempio di Cristo, delle intuizioni evangeliche di san Francesco e delle genuine tradizioni dell'Ordine. Il ritmo del noviziato risponda agli aspetti primari della nostra vita religiosa mediante, principalmente, una particolare esperienza di fede, di orazione contemplativa, di vita fraterna, di contatto con i poveri e di lavoro. Perché il noviziato sia valido deve comprendere dodici mesi da vivere nella stessa comunità del noviziato. Il ministro provinciale con il consenso del Consiglio ne stabilisce l'inizio e le modalità.

Meditiamo spesso quanto grande sia la Grazia della professione religiosa. Per mezzo di essa, a nuovo e speciale titolo, abbracciamo, a lode della gloria della Santissima Trinità, una vita dalla quale siamo spinti alla perfezione della carità; e, consacrati al servizio di Dio in modo stabile e più profondo, lo adoriamo in spirito e verità. Nella consacrazione religiosa lo Spirito Santo ci unisce con una peculiare alleanza a Cristo, ci rende partecipi della realtà del mistero di Cristo, unito da vincolo indissolubile con la Chiesa sua Sposa, ci pone in uno stato di vita che preannunzia la futura risurrezione e la gloria del Regno celeste. In questa consacrazione, per ottenere un più abbondante frutto della Grazia battesimale, ci obblighiamo a praticare i consigli evangelici secondo la Regola e le Costituzioni. Intendiamo così liberarci dagli impedimenti che ci possono distogliere dalla carità perfetta, dalla libertà spirituale e dalla perfezione del culto divino. Per mezzo della professione, infine, mentre godiamo di uno speciale dono di Dio nella vita della Chiesa, cooperiamo con la nostra testimonianza alla sua missione di salvezza. Esortiamo perciò i frati a prepararsi ad essa con grande diligenza mediante una intensa vita sacramentale, specialmente eucaristica, una fervente preghiera e gli esercizi spirituali. E ciò sia fatto più intensamente e in modo particolare prima della professione perpetua.

Terminato il noviziato e verificata l'idoneità del novizio, viene emessa, per il tempo da determinarsi dal ministro provinciale in accordo con lo stesso novizio, la professione temporanea dei voti, da rinnovarsi spontaneamente fino alla professione perpetua. Se permane il dubbio sull'idoneità, il ministro provinciale può prorogare il tempo di prova, ma non oltre sei mesi. Se poi il novizio sarà giudicato non idoneo, venga dimesso. Il tempo di tale professione non sia, di per sé, né più breve di tre anni né più lungo di sei; ma, se sembra opportuno, può essere prorogato, in modo tuttavia che tutto il tempo in cui il frate è legato da voti temporanei non superi complessivamente i nove anni. La professione perpetua, se il frate è giudicato idoneo e spontaneamente lo richieda, si emette nel tempo determinato dal ministro provinciale, udito lo stesso profitente, salvo sempre il triennio completo di professione temporanea e mai prima del ventunesimo anno di età già compiuto. Mediante la professione perpetua il frate è definitivamente incorporato nella Fraternità dell'Ordine con tutti i diritti e i doveri, a norma delle Costituzioni. Compiuto il tempo per il quale fu emessa la professione, il frate può andarsene; e, per giusti motivi, il competente superiore maggiore, udito il suo Consiglio, può escluderlo dalla rinnovazione dei voti temporanei o non ammetterlo alla professione perpetua. Si osservino tutti gli altri prescritti del diritto universale riguardanti la professione, specialmente circa la disposizione dei beni prima della professione temporanea e perpetua. Durante la celebrazione della prima professione si consegna il nostro abito religioso, benché i novizi abbiano ricevuto prima i 'panni della prova'. Il nostro abito, secondo la Regola e l'uso dell'Ordine, consiste nella tonaca di color castano con il cappuccio, del cingolo e dei sandali o, per giusto motivo, delle scarpe. Per la consuetudine di portare la barba, si applichi il criterio della pluriformità. Ricordandoci che san Francesco indossò un abito di penitenza fatto a forma di croce, portiamo anche noi l'abito come richiamo alla conversione, segno della consacrazione a Dio e della nostra appartenenza all'Ordine. Con ciò esprimiamo anche la nostra condizione di frati minori, facendo in modo che anche le vesti che indossiamo siano una testimonianza di povertà. Rivestiti di Cristo, mite ed umile, dobbiamo essere minori, non falsi, ma realmente tali: nel cuore, nelle parole e nelle opere, perché i segni di umiltà che presentiamo esternamente giovano poco alla salvezza delle anime, se noi stessi non siamo animati dallo spirito di umiltà. Perciò, seguendo l'esempio di san Francesco, impegniamoci con tutte le forze a diventare buoni e non soltanto sembrarlo, ad essere coerenti nel parlare e nell'agire, fuori e dentro; e ritenendoci 'minori e sottomessi a tutti', come ammonisce la Regola, riserviamo agli altri stima e onore".

Ma la vita si fa continuamente burla di noi. Non c'è Costituzione o Regola o Legge che tenga. La vita se ne frega, di noi. Ci spogliavamo dei vestiti del secolo per indossare un abito che ci avrebbe condotti direttamente all'eternità, all'ilarità promessa. Invece ci eravamo solo spogliati, il sacco che ci avevano messo indosso, il cingolo con cui ci avevano stretto la vita, erano solo segni della ri-velazione. Erano il velo che svelava. Noi eravamo nudi come nudi erano i nostri piedi guizzanti, come nuda era la nostra mente, come nudo era il nostro cranio scoperchiato a fare mostra della massa cerebrale attraversata da scariche elettriche, da lampi. Eravamo entrati in quella guaina marrone, come serpenti in muta, infine nuovamente nudi. Avevamo preso a farci crescere il pelo sul volto. Non sapevamo niente perché sapevamo tutto. Eravamo quella viva materia prima che attraversava gli stati dell'arte spagirica per raggiungere la perfezione della pietra purissima. Eravamo vivi e nudi nella fornace, vivi nel ventre della balena, vivi come Lazzaro che è uscito dalla putrefazione incipiente, vivi come il Dio che adoravamo, quello che aveva conosciuto il freddo del sepolcro.

Tu avevi pianto quando, entrando nella cella, avevi provato a toglierti il saio che ti aveva denudato. Per questo ti eri steso sul letto vestito di sacco, perché ti sentivi nuovamente nudo, come quando galleggiavi nel ventre tiepido di tua madre, prima di attraversarlo e trovare il suo capezzolo teso come unico appiglio, come unico legame a quel tepore, a quella natura equorea che eri stato costretto ad abbandonare. Tu avevi pianto, dopo la cerimonia, dopo esserti vestito del saio come della placenta da cui eri stato strappato. Poi ti eri addormentato, nel letto che ti avrebbe fatto da ventre per un anno, che ti avrebbe riportato al tempo in cui tu non conoscevi la maledizione del tempo, al tempo in cui da una possibilità fluttuante nella melma galattica, stabilizzata nei testicoli di un maschio umano, improvvisamente eri stato gettato nella possibilità dell'esistenza del tempo, degli umani che hanno imparato a codificare il tempo, a farselo amico per accettare la processione del sole. Da uno scroto eri arrivato ad abitare la fornace insediata nel ventre di tua madre. Lì, lei ti aveva fatto fermentare, lì avevi preso ad invadere il suo corpo come un parassita, a succhiarle l'energia; lì avevi preso a desiderare, senza conoscere il desiderio, l'emersione nel tempo. Avevi pianto, in quel ritorno alla nudità. Avevi dormito per poche ore, senza ricordare i sogni quando si era fatta mattina. Eri uscito dal letto come un pesce momentaneamente fermo sul fondo dell'acquario. Non avevi bisogno di occhi, e a occhi chiusi ti eri abbandonato alla nuova acqua in cui nuotavi. Il tuo primo canto da novizio lo avevi cantato lì, nella cella acquatica e, aprendo la porta, ti eri lasciato trasportare dalla corrente, pesciolino cieco, verso la chiesa, attraversando corridoi, scendendo cascate, entrando infine in un lago fermo, assoluto: la piccola chiesa di Renacavata, il ciborio ligneo, la pala in ceramica di Fra Mattia della Robbia, con tutto quel verde e azzurro a suggerire un mondo marino. In quell'acquario, in quella prima mattina del mondo, tu e gli altri pesci avevate preso a nuotare, a cantare come palombari.

Ci aveva trascinati lì, nel convento di Renacavata, un sogno fatto di necessità. Eravamo arrivati a fare delle nostre aspirazioni un disegno divino, ad uscire completamente da noi, ad abitare il magico. Non eravamo noi ad averlo voluto ma qualcuno ci aveva tirato per i capelli, ci aveva portati via. E veramente eravamo stati portati via. Una sera, dopo la cena, Padre Orazio, con le labbra ancora umide del poco vino che si faceva versare nella ciotola, passandoci sopra prima la lingua e poi il dorso della mano destra che lasciava suono di cartavetrata nell'aria a contatto col pelame facciale, disse: «Siamo arrivati qui per sopportarci, per dare senso al mondo». Tu, che avevi il sangue in fiamme, tu che non capivi, allora, nel bollore del sangue, dopo esserti infradiciato il labbro inferiore di saliva e di accenni di morsi, dicesti, nel falsetto che ti era consentito dai tuoi vent'anni infervorati: «Noi siamo stati chiamati qui per amarci, per essere esempio di amore». Tremavi tutto, e dall'arrossire delle guance ancora non poteva salvarti la barba che era solo un accenno a chiazze, a isole incomunicanti. E in quel rosseggiare avevi provato a dire quello che non avevi mai potuto dire altrimenti. Dicevi le cose che dicevano i vecchi pieni di paura davanti ai professori, ai dottori di questo mondo. Dicevi le cose che dicevano i giusti della verità, quelli che si radono sicuramente ogni mattina. Quelli che non temono lo scorticarsi della pelle, l'improvvisa incisione della lama che fa uscire dal volto la lacrima sicura di sangue, quella che si asporta col polpastrello dell'indice, come un fastidio e non come un presagio. Ormai da tre anni attendevi di liberarti del ragazzino glabro che eri, i sembrava che la barba sarebbe riuscita a testimoniare al mondo la tua uscita dall'adolescenza.

Padre Orazio, colle labbra ormai prosciugate, prossime alla siccità del sonno, dalla lussureggiante profondità del cupo sterpame di bosco che gli copriva il volto senza dare possibilità al colore della pelle di manifestarsi, se non nel naso o nelle macchie marroni della senescenza che si allargavano sulla fronte, Padre Orazio, da quella profondità, lasciando parlare occhi che ormai avevano per certezza solo la fossa e per speranza solo lo spazio abitato dagli uccelli e dagli angeli, ti disse, piegando la barba in qualcosa che forse era un sorriso: «A noi il fuoco serve per scaldare, non per farci bruciare. L'amore è prima di tutto sopportazione. Quando la fiamma cresce senza devastare, allora l'amore è Grazia di Dio. Le nostre madri ci scaldavano tenendoci in grembo, tirandoci al loro seno. Non ci davano fuoco, ci davano tepore. Dio, nella sua maternità, ci scalda senza bruciarci. A qualcuno, Dio concede il fuoco. Lo infiamma. Ma i santi ardono senza bruciare, i santi ci scaldano il cuore, non ne fanno cenere. Cominciamo col sopportarci, ad accettare il nostro calore, ad amarci così, semplicemente. Poi, se prenderemo fuoco, tanto meglio. Non a tutti è dato di raggiungere le vette della contemplazione e della liberazione. Ma siamo chiamati a fare quel che possiamo delle nostre esistenze scaldate dal calore di Dio». Padre Orazio non disse propriamente queste parole, ma tu le ricordi così, esattamente come così ti ricordi di Dio. Tutto quello che attraversa le sinapsi, che le inonda, che invera l'abissale, magnifico teatrino del mondo, quello spettacolo sempre farsescamente solenne, quel palcoscenico, quelle assi comunque scricchiolanti, tutta quella giovane carne che si muoveva insieme all'illusione.

Come muratori ci sfasciavamo la schiena nel tentativo di costruirci dei ricordi per gli anni a venire, gli anni che sentivamo prossimi e ci infettavano il sonno, gli anni in cui il nostro Dio immaginato sarebbe sparito. E come stavamo là in quelle notti, quale buio ci abitava nel sonno, quale assurda paura di non essere vivi, mentre vivi eravamo, ci pulsava la giugulare.

Padre Gianni orchestrava la nostra vita. Aveva cinquant'anni, era secco e coriaceo, ci sentiva poco e ci guardava intensamente per cercare di carpire dai nostri gesti quello che la sua avanzante sordità gli impediva di cogliere nell'immediato. Una volta alla settimana ci riceveva nel suo studio, singolarmente. Gli raccontavamo tutto della nostra vita, smettendo la maschera che indossavamo in quella opera teatrale che era il noviziato. Uscivi alleggerito dallo studio di Padre Gianni, potevi ricominciare la fatica di accettare la Grazia.

T'era preso questo bisogno di scrivere un diario. Avevi l'esempio dei santi che ti avevano preceduto nel combattimento contro l'ego. Un diario andrebbe scritto solo per obbedienza, non di propria volontà, ti insegnava la storia della spiritualità e l'agiografia cattolica. Tu avevi chiesto, ligio a questi precetti di vita ascetica e mistica, il permesso al Padre Maestro. Padre Gianni ti aveva dato il suo benestare. Non era stato un suo ordine ma una tua sollecitazione. Ma andava bene comunque. E la mano era ripartita, leggera come poteva essere la mano di un ragazzino che si stava inventando un mondo, di un ragazzino che era stato condannato ad una altra vita, che l'aveva rifiutata, quella vita, e che se ne stava costruendo un'altra, con fatica e stupore. E ogni sera ti eri obbligato, prima di stenderti sul letto, a vergare parole sul quaderno con la copertina rigida e nera e con gli angoli bordati di rosso. A volte entravi nel sonno con le parole che avevi appena consegnato alla pagina, alla tua storia di sconfitto catapultata nella cava di rena, e quelle parole facevano da sceneggiatura alla tua vita onirica, plasmavano i tuoi sogni e, all'alba, quando riaprivi gli occhi per il trillo improvviso del campanello, quelle parole, trasformate nell'acqua lustrale del sonno, ti obbligavano ad aprire nuovamente il quaderno. E riprendevi da dove avevi smesso, e la destra continuava a far scorrere la punta della penna sulla carta. D'un tratto ti vennero fuori parole anche in pieno sonno. Erano versi, poesie che non riuscivi a trattenere. E avevi una matita sul minuscolo comodino, la prendevi al buio, e al buio scrivevi sulla parete di truciolato che copriva il muro a fianco del tuo giaciglio. Avevi finito per riempire quel truciolare rivestito di pellicola che simulava le venature del faggio. Erano i tuoi versi adolescenti, il tuo stacco da terra, il tuo volo di quaglia, quelle parole incise a matita, al buio. Erano i tuoi versi scritti nella cecità, che poi ad un certo punto avresti preso a ricopiare su un quaderno-ne e poi a battere a macchina, nella stanza dell'infermeria, tra il siero antivipera e gli antibiotici esposti nell'armadietto con le ante in vetro. Tu scendevi nel regno dei morti e prendevi a parlare con gli animali come il santo che avevi preso ad imitare, quello sciamano stimmatizzato che parlava agli uccelli, ai lupi, nel travaso necessario dell'adorazione pagana, fatta di contadini che avevano solo da pensare al frutto della terra e alla salute degli animali, quel bisogno primo di mangiare per continuare ad esistere. Dalla terra al cielo, attraversando il ventre e la spina dorsale. I tuoi versi scritti nella cecità erano quel bisogno di attraversare i mondi, di esultare nella creazione, erano la sceneggiatura incisa a matita per un Dio lussurioso. Quei versi venivano ricopiati, trasportati nella luce del giorno in una infermeria conventuale, accanto a una barella medica sulla quale stava poggiato uno sfigmomanometro, mentre fuori la terra faceva germogliare semi che erano andati a morire. Avevi dato un nome a quei segni tra la veglia e il sonno: "Le incisioni". Eri così felice, non conoscevi ancora la maledizione della parola scritta, come il palco poteva essere calcato da rapsodi schizofrenici, come la parola potesse distruggere il mondo che abitavi, quel mondo principiato dal Verbo, da una parola mai detta prima.

Per un anno intero non avreste avuto contatto col mondo esterno se non per le visite settimanali all'ospizio di Camerino e per il servizio liturgico al santuario di Loreto, dove è custodita la casa della Madonna trasportata dagli angeli. Lì, in quella basilica, traevi dalla pisside dorata una particola alla volta, la stringevi tra pollice e indice per poi ostenderla dinanzi al volto del fedele prossimo all'inghiottimento.

L'ostia consacrata assorbiva la luce nella sua croccante consistenza di acqua e farina cotte tra due piastre, prendeva luce dalle enormi vetrate attraversate dalla storia sacra, e mentre pronunciavi, solenne e compito, "il Corpo di Cristo", ti pareva che l'ostia prendesse a vibrare, mentre eri tu ad essere percorso da una folgore sacra. Il fedele pronunciava il suo "Amen" e subito apriva la bocca: qualcuno ti offriva timidamente solo la punta della lingua, qualcuno invece proprio spalancava la bocca offrendo alla tua visione la sua dentatura e la memoria ancestrale di una grotta. Riconoscevi crateri, piombo, carie viva, pareti di tartaro, mucose biancastre. Intanto la luce che aveva attraversato le vetrata veniva oppressa dal peso delle volte che tiravano la basilica e tutti noi verso i cieli. Gli angeli frantumavano il pulviscolo ammassato nelle lance luminescenti che attraversavano lo spazio sacro. Le volte curvavano la luce. Aprivi, in scatto, le dita, lasciavi l'ostia in quegli antri umidi, andavi inevitabilmente a lambire labbra e lingue e goccioline di saliva, scintillanti per l'attraversamento della luce curvata, si depositavano sui tuoi polpastrelli. Diventavi esperto odontoiatra, esperto otorinolaringoiatra. E c'era questa processione di cavità orali, e quella luce piegata che veniva inghiottita e che tu, come un prestigiatore, ripescavi incessantemente dalla pisside per offrila ancora alla gravità, alle leggi che governano la materia, tu che, giovane novizio, eri Cristoforo e Lucifero, tu che portavi Cristo e portavi la luce, tu che stringevi tra pollice e indice quel frammento di pane azzimo, quella simbolica fuga dalle leggi che permettono alla sfera terrestre di levitare nella densa nerezza del cosmo. Tu che, terminata la processione dei comunicandi, ti giravi e prendevi a camminare verso lo spazio sacerdotale, con la cotta che strusciava sul saio, tu che depositavi la pisside sull'altare, tu che avevi visto curvarsi la luce, cessare la forza di gravità in quella basilica trasportata dagli angeli verso i cieli e gli altri cieli e quegli altri ancora, tu che non conoscevi più la condanna creaturale e l'illusione del tempo.

Saggiavate il mondo esterno anche con lunghe camminate nella terra marchigiana, quando, con l'incoscienza assoluta della sua giovane età, il vicemaestro vi portava ad attraversare sentieri pericolosi, ad inerpicarvi come gli iraci che non eravate, preda di animali striscianti e volanti e ringhianti. Vi salvava l'innocenza e, anche se qualcuno fosse caduto da un dirupo, non avrebbe avuto importanza. Sarebbe morto nel sogno, passato senza sofferenza dai ciliegi del convento all'eternità. Potevate ricevere una telefonata al mese, ma non avreste potuto vedere nessuno dei vostri cari per tutto l'anno della prova. Potevate cantare, questo sì, e questo avreste fatto. Potevate giocare e avreste giocato, con le cosce nude, a pallone. E, giocando, tornavate al tempo di prima, a quando la vostra mente non era ancora preda della curia celeste, e il complesso movimento della sintassi non vi obbligava ancora a nominare un Dio, perché tutto, ma proprio tutto, riposava nella mente sognante di quel Dio ancora senza nomi immaginati. Giocando vi scioglievate dalle catene della religione, stavate nel cuore del vostro piccolo Dio, ne eravate l'amore. Tornavate bambini magici, intenti nel gioco che vi faceva avvampare, e, paonazzi, prendevate a calci un pallone, e attraversavate un prato, in caduta ricominciavate a scorticarvi, vi toccavate in quella caduta, in quella purezza che il mondo disconosce ("non puoi essere puro" ci dicevano i demoni che penetravano nei nostri sogni di novizi, "prenditi quello che vuoi con ogni mezzo, non si vince facendosi innalzare su di una croce" continuavano a dirci, imperterriti, i demoni onirici). Ma noi non facevamo altro che cadere, con gli stinchi feriti, ci toccavamo stesi sull'erba, ci abbracciavamo mentre il pallone rotolava, mentre la volta celeste ci franava addosso.

Ma tu, infine, desideravi solo esistere per entrare nel necrologio serotino, desideravi solo sparire agli occhi del mondo per fare luce. Avevi capito, a vent'anni, che dal mondo potevi prendere solo potere, non saggezza, non gioia. Perché non la scienza, non la fede, non la speranza, non la carità, ma il potere fa il mondo. Lo avevi capito mentre Fra Felice ti rovinava addosso. Fra Felice ascendeva al cielo in preda a crisi epilettiche. Non gettava grida come un san Giuseppe da Copertino. No, collassava in silenzio, rovinava su una parete, sul corpo di un confratello vicino, al suolo. Ma tu sapevi che in realtà lo sollevavano gli angeli, lo portavano verso altezze che tu potevi solo desiderare. Nel mondo di fuori fra Felice sarebbe stato preda dello sberleffo, condannato alla malattia.

Nel nostro Giardino veniva, invece, sollevato in cielo dall'amorevole cura degli angeli, fatto ridiscendere in terra tra noi ragazzini protetti dalle vipere festanti. Cadeva sulle nostre braccia, Fra Felice, come dopo una festa per la vittoria di un torneo calcistico, ma non eravamo noi a lanciarlo in aria, noi solamente lo riportavamo nel tempo inesistente che avevamo preso a vivere, il tempo di un altro calendario, dove veniva segnato sempre un altro giorno. Il giorno del nostro Dio immaginato. Non eravamo mai soli, c'era quell'amore, c'erano i nostri nomi, quei nomi che i nostri genitori ci avevano dato nella gioia e nella paura per la nostra emersione, per il nostro esordio sul palcoscenico del mondo. E i nostri nomi erano Felice, Augusto, Damiano, Noel, Adrian, Maurizio, Paolo, Federico, Ivan, Daniele, Emanuele, Franco, Alessandro, Giovanni, Luciano, Giulio. C'erano quei nomi coi quali ci chiamavamo, amandoci, tra le pietre che davano forma al convento, che ci custodivano e ci facevano incessantemente rinascere, nella stessa inconsapevole gioia e nello stesso naturale pianto di chi ha abbandonato il tepore di una vasca, di un mare temperato, di un oceano attraversato da balene felici. Dall'acqua eravamo emersi per calpestare e custodire la terra. Non era ancora il tempo del nostro riposo, ma c'era la quiete quando, in quell'afrore di ragazzi, di rifiutati dal mondo di fuori, potevamo sedere alla stessa mensa, in quel refettorio antico, tirare fuori dal cassetto la nostra tazza che avrebbe raccolto poco vino, il nostro tovagliolo, e mangiare e bere.

La nostra vita era un'invenzione caricaturale, una sublime, salvifica messinscena. Eravamo gli attori destinati a soccombere sul palco, eravamo ragazzi che osavano ascendere mentre non facevano che discendere, ruzzolando. Adoravamo un messia oscuro nella rilettura politica di un'esistenza escatologica, abitavamo un mondo che, stando ai testi su cui ci consumavamo gli occhi, avrebbe dovuto consumarsi molto prima della nostra emersione. Ma c'era tanta di quella luce e quanta ne andava sprecata; i nostri cervelli scorticati interpretavano segnali elettrici e creavano la realtà, quella nostra realtà ancora senza dogmi, così furiosamente nuova ad ogni nuova scarica, così divampante in quell'incendio, fra quelle pietre che custodivano il Giardino, circondati dalle vipere sognanti, dagli angeli in canto per la nostra innocenza. Avremo a combattere con gli angeli, noi che avevamo sognato aurore, fuoco sul mare, noi che avevamo danzato coi delfini, cavalcato balene; noi che non eravamo mai stati soli avremo ad essere detestati dalle vipere, a vedere solo la fuliggine stesa sul mondo, una volta abbandonato il Giardino.

IL DOLORE DEL CANARINO

Eravamo precipitati nella condizione angelica senza saperlo, senza antevederlo: la nostra carne portava i segni dei serafini destinati al macello. Delle alucce di pollo, inadatte al volo, si aprivano un varco tra le scapole. Potevamo ascendere all'altezza di un trespolo, nulla più, e sbattere furiosi le alucce nella discesa, spiumarci prima di rovinare al suolo. Non avremmo mai potuto volare. Eravamo destinati al becchime, alla batteria, a raspare la terra. Ambivamo alle schiere celesti, ai troni, alle potestà, alle dominazioni, a perforare la tre-sfera dantesca. Invece eravamo solo figli di contadini e di operai. Conoscevamo il peso della terra. Non c'era nessun figlio di professore. Qualche figlio di puttana c'era, sì. Qualche figlio di commessa, di cassiera, qualche figlio di bidella. Figli di nessuno, per lo più. Figli del Signore. Figli che cambiavano nome perché volevano un altro padre, un'altra madre. Perché volevano un altro destino, e pregavamo come chi ha trovato l'abracadabra. Tu arrivavi dai tuoi diciotto anni, da una terra che avevi abbandonato per precipitare in un convento. Prima di quella nuova terra edenica che avevi preso ad abitare vestito di sacco, eri stato mandria operaia. Correvi, ogni mattina, assonnato, al macello. Eravate vacche che sconoscevano la morte, che non conoscevano i ganci cui sarebbero finite appese; la vostra fatica era ruminare il fieno in un recinto. Vi era capitata in sorte una vita inesistente sotto un sole che aveva dimenticato di scaldare e splendere; inondavate di liquami il recinto, avevate tenerezze da vitellini che suggono mammelle, crescevate nella povera gioia di condomini progettati da geometri perennemente ubriachi, guardavate la vita apparente passare sui binari di una stazione ferroviaria piena di vecchi alcolizzati e bestemmianti. Tu eri la vacca rinsavita, quella che aveva visto il gancio e aveva preso a scalciare, quella che già aveva imparato a riconoscere le mani di chi le avrebbe tirato via le feci dall'intestino dopo lo squartamento.

La preghiera era per noi come l'unguento che faceva volare le streghe, che convocava sabba immaginari, che faceva ribollire la vita. Contadini in cerca di Dio, eravamo, null'altro. Contadini giovani e smemorati che già avevano imparato a lavarsi le ascelle una volta la settimana. Il vecchio contadino, pagano fino al midollo, quello che sta sparendo come i preti che pregano, è un essere duro e stupefatto. Il vecchio contadino conosce la terra, ne conosce la bassezza perché la schiena gli duole. È custode della terra come il prete lo è dei cieli. Conosce la carne, ne conosce gli umori e la ferocia. Non conosce, invece, facili abbandoni. Il vecchio contadino conosce l'inginocchiatoio e la bestemmia. Il vecchio contadino uccide il bestiame che provvede a crescere come un figlio. Non piange per il bestiame ucciso, sa cos'è la natura, l'ha imparata da bambino, quando aveva fame e la terra era pietra o palude, e c'era la pellagra, e si mangiava la polenta gettata sul tondo di legno, affettata col filo; si ricorda delle due volte all'anno in cui era consentito strofinare le fette di polenta sull'aringa appesa al soffitto. Adulti e bambini a benedire quella polenta, a pregare le divinità crudeli della terra per ingraziarsele, per non morire. Il vecchio contadino cresce figli come fossero vitelli, come fossero maiali. Il vecchio contadino sa che la spremitura dei suoi lombi può morire da un momento all'altro come i vitelli, i conigli, le galline, per una malattia improvvisa. Il vecchio contadino crede in Dio per affezione, per dolore, per bisogno. Non ricorda, nella stanchezza, il nome dei suoi figli ma distingue dal muso un vitello da un altro. Il vecchio contadino sa tutto da sempre, da prima di avere la pellagra, da prima di venire al mondo ossuto e ingrassare per genetica. Il vecchio contadino ha fatto del trattore la sua Ferrari. Passa tra i filari come Senna tra i cordoli, tira su marce, le scala, rischia di finire maciullato per il rovesciamento dei quintali che ha sotto il culo, eppure pigia l'acceleratore, e sembra felice. Il vecchio contadino è capace di tenerezze inaudite, lui che ha imparato a tirare il collo alle galline a sei anni. Il vecchio contadino piange piano nella stalla, quando la moglie non lo vede: per la grandine, per il campo gelato, per le malattie che stanno sterminando il bestiame, per il figlio nato storpio. Il vecchio contadino piange solo una volta, per il resto della vita piange quel primo pianto senza piangerlo più. Gli altri pianti, dopo quel primo pianto, sono le bestemmie, le messe domenicali, le confessioni per le feste comandate. Gli altri pianti sono la vita che si sfalda, i figli che sono cattedrali di silenzio e perpetuano il silenzio sposandosi e figliando, la moglie che svanisce diventando matrona, regina di un regno senza re.

Tu non volevi niente e non sapevi niente. Avevi immaginato un'altra vita, con la tua fantasia. E ti trovavi ad attraversare i cunicoli di un convento, ti trovavi in quelle biblioteche sterminate, tu che avevi conosciuto soltanto condomini irredenti, campi, stalle, capannoni di fabbrica; tu che avevi odiato tuo padre e tua madre, tu che avevi lasciato tuo padre e tua madre a diciotto anni, dopo aver letto le parole di un messia oscuro e adorabile, tu che ti trovavi, dopo aver abbandonato i carburatori, le biciclette, la vera povertà, a vestire un saio, a cercare quel messia torturato, a guardare il mondo con una barba che faceva da elmo; tu che ti trovavi ad essere una nuova creatura. Avevi paura e stupore. Pregavi, davi da mangiare in una foresteria, davi vestiti, ti lasciavi prendere per il collo da ubriachi che volevano entrare in convento per vedere la televisione di cui tu non sospettavi nemmeno l'esistenza. Tu stavi in quella tensione. Allevavi polli, galline, oche, faraone, tacchini. La notte ti portavi nella cella i pulcini per tenerli un poco al caldo, per non farli morire. Li scaldavi con una lampada alogena circondata da una parabolica di latta. Eri mamma chioccia, tu che avevi preso per mamma una vergine che aveva partorito un Dio. Tu che eri figlio di quella Vergine.

Tu che entravi nel sonno chiudendo gli occhi sui pulcini ammassati, stretti stretti nella cassetta di legno della frutta coi fogli di giornale sul fondo a trattenere quello scacazzamento di pulcini, con quella lampada alogena, con quel sole notturno fatto di latta che provava a scaldare quelle creature pigolanti che sarebbero andate, prima o poi, a morire.

Eri scappato via. Avevi lasciato tua madre e tuo padre, avevi lasciato la tua terra per andare ad abitarne una ignota, spinto da un fervore che improvviso ti aveva invaso. Non potevi sostenere il nulla, l'ingiustizia. Per questo avevi spalancato la tua mente, dato accesso a quella figura adorabile di un Dio che predicava la giustizia. Non potevi sostenere la disperazione che avevi imparato nei capannoni. Non potevi permettere nulla e permettevi tutto. Tutto avevano fatto della tua piccola vita sotto il sole. La tua mente era invasa dai fondamenti dell'elettrotecnica e dalle nozioni sull'elettricità. Sognavi transistor, amplificatori, comparatori, oscillatori, dispositivi logici, encoder, memorie, microprocessori. Ti eri svegliato una mattina cercando lo stagnatore per dare una via migliore all'energia, tu che avevi per legge la legge di Ohm, quella che sancisce la proporzione tra il voltaggio e l'intensità della corrente, la resistenza elettrica. Ti eri svegliato quella mattina, tra resistenze identificate da barre colorate, stagno arrotolato, con il bisogno di inventare il mondo e invece le resistenze ti scappavano dalle dita, le stagnature parevano vulcani.

Ti stava scappando di mano la vita. E avevi solo sedici anni. Era complicato far uscire la giusta energia dal circuito stampato. Ma le resistenze e lo stagnatore avevano potere e tu potevi farcela. Una volta staccata la presa dello stagnatore non potevi farcela, tu eri solo una eccezione. La malattia in un mondo antico pieno di anticorpi. Avevi sognato di brandire lo stagnatore come una spada. Avevi sognato tante cose. Le avevi solo sognate. Continuerai a sognare, continuerai a sentire l'odore dello stagno fuso sulla piastra, quella piccola goccia da sollevare con maestria per permettere alla luce di manifestarsi. Usciva fumo dalla fusione dello stagno, era il tuo principio, il tuo primo gabinetto alchemico. Poi proverai a trasformare te stesso, a morire per rinascere. Ma eri solo un canarino e provavi il dolore di un canarino.

Al noviziato ci costringevamo alla sofferenza come culturisti all'ultima ripetizione, quella che dovrebbe spaccare il muscolo, offrirlo all'espansione. Ci costringevamo a quell'agonia perché dovevamo scendere nella putrefazione per essere lavati dall'acqua lustrale. Dovevamo morire per diventare vivi. Eravamo nella prima metà dell'esistenza, la seconda parte ci si offriva nella consunzione dei vecchi frati.

Tu ci avevi creduto. Avevi creduto fosse possibile far crescere la tua carne con la sola forza di volontà, col sacrificio, tirando su tonnellate di ghisa, massacrandoti di ripetizioni. Andavi in superallenamento e, stordito dalla fatica, tra un set e l'altro, stavi con gli occhi sgranati e la bocca a succhiare l'aria, a contemplare i poster di Schwarzenegger e di Tom Platz incollati alla parete di cemento nudo del garage. Loro erano chimica, i tuoi eroi, chimica pura in esplosione, e tu stavi a contemplarli credendo nella loro purezza, credendo che ingurgitassero solo le proteine in polvere, le capsule di germe di grano e di olio di fegato di merluzzo. Ti massacravi sollevando ghisa dopo una giornata in fabbrica e loro crescevano a siringhe. La verità del mondo, la verità. E allora stavi lì, a farti male allo scheletro, a tirare su manubri con tondi di ghisa sempre più pesanti per far crescere la carne che non voleva crescere, a violentarti per diventare quello che non saresti mai diventato. Eri un bambino che aveva lasciato i circuiti stampati per un capannone devastato dallo stridore di frese e sezionatrici, eri un bambino nudo che riusciva a conservare l'energia dopo dieci ore di fabbrica per continuare a sudare spingendo nell'aria un bilanciere. Volevi essere la vita mentre guardavi i poster dei quadricipiti espansi, dei pettorali in ebollizione. Volevi essere vivo ed eri condannato alla morte. Credevi che bastasse la tua volontà, la tua fatica, il tuo orgoglio, il tuo coraggio. Poi ti sei accorto che i tuoi muscoli intostavano e seccavano, che ti si prosciugava la carne, che Dio era in realtà contenuto in un flacone, in due flaconi, che le siringhe aprivano la strada per il Regno dei cieli, che morire strafatti e rinsecchiti su di una panchina o crescere strafatti su una panca col bilanciere sopra erano la stessa cosa. Poi sei arrivato a capire che solo il Deca-Durabolin ti poteva avvicinare all'enormità, alla sproporzione di un Dio. Poi sei arrivato a inginocchiarti davanti al crocifisso della chiesa parrocchiale. Dio ti aveva tratto dall'acqua perché nell'acqua eri nato e continuavi a sudare perché acqua eri e acqua dovevi buttare fuori. Dio era il pesce santo: tu volevi trattenere il cielo e respingere la terra. Tu volevi essere pontefice, ma eri solo quella creatura senza padre e senza madre, quel pesciolino senza acqua, quel mezzo girino che rollava nella melma desiderando di essere balena, massa pura nell'acqua. Poi sei diventato cacciatore di balene, da morto lo sei diventato, nel sonno lo sei diventato. "Vi farò pescatori di uomini" diceva il tuo Dio pesce. Ti sei dissanguato mani e costato armeggiando fiocine, arpioni e reti incrostate e strappate. Non hai conosciuto pesche miracolose, non hai conosciuto moltiplicazioni di pani e di pesci. Hai conosciuto il vuoto, l'acqua che rosseggia di sangue vanamente versato, hai conosciuto l'arsura, hai bevuto un vino aspro e hai addentato un pane duro che ti ha ferito le gengive, ti ha spezzato i denti, invece.

Un sabato avevi chiesto a tuo padre di accompagnarti al santuario di Castelmonte. Lui era cliente abituale, la Vergine scura conosceva tutte le sue lacrime. Non ce la facevi più, pensavi solo a toglierti la vita. Non potevi sopportare l'idea di una vita intera spesa nel capannone di una fabbrica, tra calci in culo e bestemmie declamate in una lingua che ti era stato impedito di parlare. In quella terra dove non eri nato, eri l'estraneo. Avevi imparato immediatamente come versare le lacrime, ti erano proprio scappate via, incontrollabili.

Stavi sull'inginocchiatoio, col volto rigato. Le lacrime ti facevano vedere quella Madonna nera come quando nell'acqua marina si aprono gli occhi in cerca di una conchiglia sul basso fondale. In quella distorsione eri uscito dal tempo, non eri tornato indietro, alla falsa pace intrauterina. Eri andato avanti e avevi trovato una fessura. Eri sgusciato fuori dall'illusione del tempo, avevi visto la luce che condanna a non accettare questo mondo. Avevi parlato con quella Vergine scura. Uscendo dal santuario niente era stato più come prima. Eri tornato indietro dopo aver visto l'altro mondo. Non avevi capito niente ma avevi sentito tutto. Di lì a poco avresti lasciato la fabbrica, avresti calzato un paio di sandali, saresti scappato di casa per trovare rifugio in un convento. Avevi saccheggiato i testi teologici della biblioteca del tuo paese. Alcuni tomi di teologi tedeschi ti parevano incomprensibili e per questo ti affascinavano. Il Dio incomprensibile che avevi preso a adorare era ancora più sfolgorante nelle inutili parole dei teologi. Nelle chiese ti inginocchiavi e cercavi la vista distorta che ti aveva portato ad attraversare la fessura. In un paio di anni ti eri ritrovato nel Giardino a odorare i fiori, a concimare e potare. In quel gabinetto alchemico qualcuno di noi sentiva la furia della vita, altri ne sentivano il languore, altri la tenerezza. E ci portava via dal sonno un'altra luce. Era quell'altra luce a farci desiderare le cose che si consumano sotto al sole. I primi cristiani ci hanno trasmesso una fede catacombale, quella fede che sopporta solo la fiamma ad olio: veniamo da quel buio e a quel buio sappiamo che torneremo, in qualche modo. Per questo non riuscivamo ad alzarci in tutta la nostra altezza. Per questo eravamo sempre un po' gobbi, un po' piegati; per questo non potevamo camminare a testa alta, a schiena dritta. Il nostro Dio inventato nelle catacombe attraversava cunicoli segreti, luoghi dove l'adorazione era cosa misterica, impossibile alla luce del sole. Anelavamo alla luce, noi che ci inventavamo l'amore per un Dio che ci aveva fatto abitare negli abissi dove non arriva luce. Il nostro Dio era il sole, il nostro Dio era la luce, il nostro Dio non prendeva luce da nulla. Il nostro Dio era nulla. Nuotava negli abissi prima che fosse possibile immaginare il nuoto, nuotava prima che fosse possibile l'acqua. Come si sveglia un pesce? Come nasce un pesce, come affronta la nervatura del mare? Dov'è che sogna, in quale cava riesce a trovare rifugio, a dare forma all'acqua? Eravamo capodogli destinati all'olio lucente, non pesci da frittura. Ci avrebbero dovuto fiocinare e spremere per fare luce. Invece avremmo spruzzato un nero di seppia, avremmo fatto buio nel mondo con quelle inutili macchie di paura. Noi che eravamo destinati ad essere lampadine, fari, fiamme. Noi che in quella conca di rena cavata davamo luce al mondo, da ragazzini.

Non potevi andare alla settimana bianca. I tuoi non ti potevano comperare nemmeno le mutande, figurarsi la tuta da sci. Ti prestarono una tuta gialla, smessa da chissà chi. Durante la settimana bianca tutti presero a chiamarti "Canarino". Sciavi, impacciato, ingarbugliato come un demente. Ti sfrecciavano accanto i compagni di classe al decimo corso di sci. Non riuscivi nemmeno, tu, a infilarti fra le gambe l'attrezzo dello skilift per salire prima della tua discesa da sconfitto. I genitori dei ricchi avevano contribuito al pagamento del viaggio. Eri lì con la tua tutina giallo canarino, eri lì come un lucente mendicante. I compagni di classe avevano pietà di te. Tu avevi solo paura e scendevi sulla neve come a dover ringraziare qualcuno per quello scivolare spastico. Erano tutti felici. Tu eri infelice nella camerata. Tu ti facevi ancora la pipì addosso, a dieci anni. Tua madre non lo aveva detto al maestro. Ti eri pisciato addosso, una notte, avevi chiazzato le lenzuola di giallo. Ti hanno scoperto, gli altri bambini. Hanno preso a ridere di te, a dirti «sei un canarino giallo di pipì». I bambini figli dei ricchi. I figli dei poveri come te, invece, stavano zitti, in disparte. Tu eri il bambino senza nome, il canarino che scivolava sulla neve pisciando. La tua neve non era bianca. Era gialla come la piscia calda che ti riempiva il pigiama, di notte. Cosa sognavi quando ti pisciavi addosso, bambino senza nome? Cosa sognavi? Avresti mai immaginato che una donna potesse abitare il tuo letto bagnato? La sognavi, quella donna, quando eri bambino? Lo sapevi già, quando sognavi pisciando, che dopo, e per tanti anni ancora, il tuo letto sarebbe stato pieno solo di te e del tuo teatro onirico? Avevi bisogno di quel calore, bambino senza nome, la neve era fredda e tu avevi solo bisogno di essere scaldato, di sentire fuoco sulle tue gambette secche. Il canarino povero che faceva slalom sulla neve, tutto pisciato.

Un giorno il canarino emerse dal letto bagnato, sbatté le alucce, che lasciarono nell'aria goccioline di urina, e si asciugò da solo nel freddo di una mattina qualunque. Il canarino, in quella stanza dove aveva agitato le alucce bagnate, aveva anche deciso di cominciare a beccare il mondo. Non aveva becco di falco, era preda. E da preda cominciò a vivere. Da preda che ha sempre paura, che impara a rallentare i battiti del cuore, a morire in piedi, sulle zampette, solo per finta, solo per non essere ghermito, sfasciato all'improvviso, ha imparato l'immobilità, la sospensione delle funzioni vitali, ha imparato a precipitare prima che ad ascendere, ha imparato tutte queste cose solo per aprire le ali finalmente asciutte e con esse percuotere l'aria pura. Il canarino giallo non ha vita fuori dalla gabbia e ha una parvenza di vita nella gabbia. Il canarino si spiuma mentre arranca nel cielo che attraversa una volta forzata la gabbia. Quel cielo gli sembra uguale a quello che vedeva tra le inferriate. Bello uguale, glorioso uguale. Nella gabbia, però, almeno aveva semi croccanti da sgusciare, nel cielo è solo preda di falchi; il canarino vuole tornare nella gabbia ma ormai ha solo qualche piccolo battito d'ali e poi può stendersi, asciutto, immacolato, e poi sì, finalmente può precipitare nel cielo, farsi asciugare definitivamente dal sole, essere polverizzato nell'aria.

GENERATI NELL'ACQUA

Camminavamo solenni e ubriachi di freddo, ognuno abbracciando il proprio corpo. Ci stringevamo da soli le braccia nel tentativo di trattenere il calore che ci usciva dalla pelle attraverso il pulsare delle vene. Quel sangue pompato dai nostri cuori ansiosi di divenire sacri e trafitti, come il cuore del Cristo che galleggiava nelle nostre menti. Quel calore era destinato ad abbandonare i nostri corpi per andare a scaldare il mondo. Il nostro compito era ardere ma in quei corridoi gelati, in quelle mattine invernali dove la vita cercava, lavica, di sopraffare la morte dell'inverno, avevamo bisogno di stringerci da soli mentre percorrevamo il corridoio invaso dai santi barbuti, i volti di chi ci aveva preceduti, di chi ora viveva nel mondo di fianco, raggiungibile attraverso la via di fuga che si apriva nel cimitero conventuale. In quell'altro mondo fitto di santi non faceva freddo. Avevamo appena lasciato il giaciglio fumante per pattinare coi sandali sulla lastra del corridoio della clausura, gli occhi acquosi circondati di cispe, brandelli di sogni pendevano dalla barba sfarinandosi ai nostri piedi; fendevamo quella neve onirica, mentre procedevamo verso il Coro, verso la fiammella, verso la piccola luce che ardeva perennemente davanti al tabernacolo. Così entravamo nell'altro mondo col desiderio, ammassandoci sui banchi del Coro: pulcini di Dio pigolanti, salmodianti.

Nel sonno vedevi Dio e ci parlavi. Ti capitava di piangere, appena svegliato, al ricordo di quanto vi eravate detti in quella lingua che, nella veglia, non sapevi pronunciare. Lo vedevi anche, il tuo Dio, ma solo con gli occhi chiusi. Vedevi un Dio fuggente, in contrazione, un Dio che poi ti ha lasciato da solo nel mare dell'essere. O forse il tuo Dio era quel mare dove ti pareva di nuotare da orfano? Eri sceso nell'acqua non per il battesimo terrestre ma per il nuovo battesimo, quello ultramondano. L'acqua del Cristo acquatico, il pesce antico dei primi cristiani, quell'acrostico suggellante. In quella massa eri cetaceo solenne, poi risalivi fiumi d'acqua dolce come salmone, poi guizzavi fuori per zampettare sulla crosta terrestre. Il tuo Cristo che sognavi trafitto e ardente, che sognavi farsi fumo come una vittima immolata, il tuo Cristo che nei tuoi sogni archetipi veniva dal cuore delle acque abissali, il salvatore dei naufraghi che poi sognavi sprofondare nei cieli. Tu uscivi dal sonno e continuavi il tuo breve e incantato transito terrestre, nudo tra gli alberi, addentando i butterati frutti del Giardino. E uscendo dal sonno entravi nella preghiera, stabilendo un nuovo legame con il mondo reale. Eri tu a fare la realtà, in ginocchio rimodellavi la materia a tuo piacimento, e in quella estasi matematica di astrofisico non sentivi la pressione dei menischi sul legno dell'inginocchiatoio. Smettevi di sentire e le creature alate ti versavano unguento profumato indosso, facevano di te una cosa lucente, facevano di te un'alga che dona luminescenza all'acqua marina. Eri questa massa luminosa nel mare del tempo, tu che con la tua mente ambivi alla cancellazione del tempo. Eri quella luce circondata da falene che non sarebbero andate a morire.

Eravamo felici. Parlavamo di Dio senza riuscire a parlare con Dio, nella veglia. Eravamo amanti disperati, furiosi per l'assenza dell'Amato. Amavamo quel Dio immaginato nell'ostia, sognavamo di farlo uscire dai palmi delle nostre mani sacre, sognavamo di poter far scendere Dio su un altare, sognavamo di poter perdonare agli umani lo scempio, l'orrore. Avremmo dovuto imparare, invece, da subito, la giustizia. Eravamo felici, questo ci impediva la lucidità. Eravamo così felici, così felici per niente, amavamo così sterminatamente tutto e tutti da essere sacri solo per quell'amore dilapidato, solo per le nostre gambette nude sotto al saio, quella vanità da passerella che portavamo in giro, le nostre gambette pelose sotto alla gonna santa. Tutta quella sterminata felicità, tutto quell'amore inutile. Poi saremmo cresciuti, avremmo imparato a memoria le strade dove le vipere saltano su all'improvviso, avremmo imparato a tendere, in scatto, il bastone biforcuto, a prendere in mano la testa delle vipere tra pollice e indice, a far sgocciolare il veleno dai denti; il veleno di quelle vipere che, invece, attendevano ai polpacci ancora innocenti di noi novizi solo per accarezzarci.

Dormivamo poco. Stavamo lì, ubriachi, ad aspettare di parlare coi morti, mentre zappavamo la terra, mentre camminavamo a piedi nudi nella neve, sotto il sole agostano col saio indosso, a schiumare. Sbagliati per natura eravamo, mai del mondo, da mane a sera. Poi chi è andato avanti, i fraticelli diventati dottori, quelli che Francesco aborriva (perché Francesco non era il dolce santo delle colombe, ma il furioso santo che congelava il suo cazzo nella neve, che costruiva i pupazzi di neve chiamandoli figli e che si ammazzò), ha imparato ad essere schiavo del mondo. Ha imparato la ferocia del mondo, è diventato servo di Belial, ne ha imparato a memoria l'odore che arriva alle narici quando il sangue ingrossa nelle arterie. I vecchi frati fuori dal mondo non avevano più corpo. Odoravano di legno, a volte di legno pregno di minzione canina. Si lavavano poco, non riuscivano a lavarsi e non volevano essere lavati, essere visti nudi. Però ti prendevano sottobraccio, si lasciavano accompagnare nella scesa e nella salita delle scale, verso la chiesa e il refettorio, gli unici luoghi che li avevano nutriti, in qualche modo. Il loro sfaldamento erano i mutandoni di lana giallognoli che non riuscivano più a lavare da soli. Loro erano santi, loro erano gli ultimi santi e non lo sapevano. Grazie a Dio non lo sapevano. Loro erano disperati perché ormai era impossibile la santità. Per questo erano gli ultimi santi, i soli veri. Erano disperati e felici. Nemmeno ti dava gioia guardarli per quanto erano disgustosamente felici in quella loro ultima possibile santità. Loro sapevano la fine di questo mondo. Loro erano la profezia lignea, loro avevano le mani chiodate, loro avevano le stimmate, a loro sanguinava il petto e non lo davano a vedere. I santi muoiono quando nessuno se ne accorge. Questo mondo finirà allo stesso modo: "Quando nessuno avrà ad accorgersene" avevi scritto sul tuo diario, dopo una notte passata a vegliare Padre Germano febbricitante. Ma avevi visto arrancare vecchi frati quasi senza traccia di santità. Non nel convento di Renacavata, quello era uno spazio protetto. Li avevi visti prima, negli anni del postulato. Rammentavi le parole del Levitico: "Alzati dinanzi al capo canuto, onora la persona del vecchio, e temi il tuo Dio".

Ti domandavi, però, da dove fosse uscita la Grazia, quali crepe avesse trovato per defluire dalle loro menti, per lasciarli così anche se avevano potuto abitare il Giardino da quando erano ragazzini appena strappati al calore e al tanfo della stalla per andare a dormire nei dormitori invasi dal gelo e da un silenzio rotto solo dai sogni di un'altra vita, di un altro mondo possibile fuori dal recinto del Giardino. Il mondo della generazione. Perché non sono santi? ti domandavi. Cosa glielo aveva impedito? Come potevano essere ancora così inchiodati alla logica del mondo?

Perché il Giardino non li aveva salvati? Perché le vipere non ne avevano fatto scempio? Perché le creature alate non avevano raccontato loro le favole buone per farli dormire bene?

Non ci veniva insegnato il peccato ma la redenzione. Il peccato era la condizione che ci chiudeva la vena per uno sgarbo, per un desiderio inespresso. La redenzione era quel superamento, quella vena che si apriva e faceva fluire nuovamente il sangue, che ossigenava il cervello, che ti faceva stare nella Grazia, con gli occhi allucinati per la troppa gioia, per il troppo perdono, per tutto quello che andava oltre l'umano in quella improvvisa irrorazione del cervello. Eravamo fontanelle zampillanti nel Giardino.

Sul mondo scendeva l'inverno, ma il gelo non poteva intaccare il nostro fervore.

Viaggiavamo senza muoverci, venivamo rapiti, improvvisamente, verso altri luoghi. Eravamo Bibbie parlanti, i nostri corpi di ragazzini facevano parlare ancora Dio. Per noi la vera bestemmia era lasciare Cristo da solo nel Getsemani. Si dissolvevano i confini dei nostri corpi, nella preghiera, in una esperienza oceanica. Ci accendevamo, poi uscivamo dalla mente, dalle strutture di pensiero statiche e simboliche.

Ci insegnavano a mettere le cose al loro posto, ci insegnavano l'ordine del mondo, l'ordine dell'universo.

Ma tu confusamente capivi che dovevi solo lasciar esistere le cose, uscire dalla spirale negativa delle cose, lasciar accadere il mondo e gli universi; dovevi sprofondare negli universi, essere gli universi. Il fine del tuo viaggio sarebbe stato l'accettazione della morte come la suprema avventura della tua coscienza.

Qualche notte, quando i demoni onirici ti facevano torcere le lenzuola e addentare la coperta, lasciavi la cella e andavi a cercare riparo nella stanza del camino. Lì giocavamo a carte, a dama o a scacchi, nel corso della ricreazione serotina. Col cappuccio sollevato ti sedevi davanti al camino. Coll'attizzatoio ravvivavi la poca brace rimasta, prossima a lasciare posto alla cenere. Quella piaga rossastra ti pareva una fenditura da attraversare per dare quiete alla mente. Sognavi angeli impiccati, ed era veramente un tormento. Sognavi pontefici crocifissi, pontefici che volevano farsi dare la morte per eutanasia. Avevi questi sogni che ti paralizzavano nel letto, queste visioni che ti accompagnavano nella veglia. Trascrivevi meticolosamente quei sogni sul diario, prima di scendere al Coro. Stavi nell'orto e, all'improvviso, alzando lo sguardo dalla terra che stavi aprendo con una vanga, ti arrivava questa ridda di angeli che parlavano una lingua sconosciuta, che si dibattevano come uccelli in una scatola di vetro. Non capivi quelle visioni, non capivi quella lingua, la tua strada doveva essere dritta e invece ti trovavi in un dedalo che ti conduceva nelle viscere di un mostro. Dove abitava Dio? Sopra agli angeli impiccati in glossolalia o accanto al pontefice con l'ago in vena? Dove abitava Dio? Perché ti impediva il sonno, ti appestava la veglia di visioni, ti obbligava a scendere mentre tu volevi solo salire col canto che non sapevi cantare? Volevi solo un angelo capace di insegnarti a dominare le corde vocali, per diventare fringuello, uccellino santo che canta le lodi del Dio altissimo per natura, senza sforzo. Invece eri diventato quell'apprendista stregone, quel mago fallito che evocava un Dio cercandolo nel buio dell'inconscio, girando un turibolo in senso antiorario, verso l'abisso, dimenticandosi di farlo roteare, quel turibolo, nel senso orario, nell'accettazione del tempo, quindi, nella verità del tempo che è sì la suprema illusione, ma è anche la sola meraviglia che ti permette di staccare gli occhi dalla terra, dall'orizzonte, e di virarli, impazziti, al cielo. E che vadano dove vogliono andare, come rondini, come falchi, come aquile, come pettirossi; che vadano su, a perforare l'aria, le sfere, le idee, i mondi, gli eoni, le immagini che gli umani hanno immaginato; che vadano, quelle pupille. Che se ne vadano via, almeno loro, trascinando come un festone il tuo corpo, ti dicevi, allora. Che se ne vadano nei cieli altissimi dai quali siamo caduti nella pozza d'acqua sporca, quando ancora il tempo non esisteva, perché tu non potevi pensarlo, così preso a diventare girino, a costruirti branchie, apparati respiratori, ossa, trame di nervi, coacervi di vene, miliardi di miliardi di sinapsi, di triadi. Quando ancora il tempo non esisteva e nemmeno questa terra esisteva, perché la pozza d'acqua non poteva contemplarla, non poteva cantarla.

Allora pregavi, scisso, preda della confusione in cui, come creatura caduta, stavi:

«Fammi morire, toglimi da questo mondo, inondami il cervello di sangue...»

«Salvami, tienimi in vita, fammi respirare ancora, irrorami le vene di sangue placido e pulito.»

A Carnevale alcuni di noi si vestivano da femmina. E ci pisciavamo veramente indosso a guardare quel trucco da femmina spalmato su un corpo che fioriva di peli. Quei cuscini applicati sul petto, a gonfiare il saio, quella carnascialesca pantomima del nostro desiderio o della nostra vera natura. Né maschi né femmine eravamo, in quella sacra rappresentazione. E maschi e femmine eravamo, allo stesso tempo. Eravamo quella carne che tendeva all'unità, all'inseparato, all'uno. E potevamo fingere di essere in quell'unità vestendoci da donne barbute per quel poco tempo che era concesso dall'innocente Carnevale del convento. L'innocenza che ci portavamo addosso, sguaiati e pelosi, nel festino conventuale, era, invece, di una gravità assoluta. A noi era dato di rappresentare una condizione da paradiso terrestre. Non lo sapevamo, allora, qualcuno di noi lo intuiva. Nel Giardino l'uomo e la donna erano nudi senza vergogna, erano una cosa sola. Noi facevamo le scenette, ridevamo per un mezzo bicchiere di vino in quella congrega di eunuchi pelosi truccati da quello che più ci mancava e che cercavamo nella mammella della Vergine che suggeva il nostro Dio bambino. Ci si induriva il pene e ne avevamo orrore, a guardare la Vergine con la mammella esposta. Avevamo invidia del nostro Dio che poteva suggere quel capezzolo. Avremmo voluto essere noi a suggere quel capezzolo. Ci attraversava la mente il pensiero atroce della nudità di quella Vergine che era nostra madre. Noi saremmo voluti rientrare nel grembo di quella nostra grande madre adottiva. Ma tutti non potevamo starci in quel grembo, tutti non potevamo attraversare quella porta marina. Anche per questo ci odiavamo. Perché cercavamo in tutti i modi quel varco tra le cosce per poter tornare indietro, rifiutando il mondo e la vita, per poter tornare nel grembo della madre vergine con il ventre espanso a furia di accogliere creature. Il seme uscito dai nostri padri, lo spermatozoo che ci aveva dilapidati nel mondo, quello odiavamo. Volevamo solo tornare indietro, ritornare nell'utero, nel Giardino a mangiare i frutti, nudi, felici come i feti soli sanno essere. Ci accontentavamo del capezzolo della madre di Dio, invidiosi del Dio bambino che quel capezzolo poteva torturare colla bocca.

Andavamo a trovare le monache, parlavamo con loro attraverso la grata, ci immaginavamo la loro vita sponsale. Loro immaginavano la nostra vita maritale. Noi immaginavamo i loro seni sotto il soggolo, loro immaginavano i nostri lombi sotto il cingolo. Parlavamo di Dio e avevamo desiderio di noi, di quell'unione cui avremmo dovuto tendere per essere perfetti. Invece eravamo separati da una grata, un ferro lavorato ad arte faceva di noi lo scimmiottamento della pienezza. Ci amavamo come si amano gli angeli caduti, senza potersi amare. Ci amavamo rabbiosamente, solo nel desiderio negato. Eravamo felici in quella negazione.

Cantavamo, da una parte e dall'altra. Cantavamo lodi a Dio, mentre una e uno di noi violentavano una chitarra. Eravamo dimentichi della sterminata tradizione organistica, non l'avevamo mai conosciuta. Avevamo solo quei canti da boy scout a irrorare pateticamente il nostro cervello. Avremmo dovuto stare muti e far cantare solo chi fosse stato in grado di cantare, e far suonare solo chi fosse stato in grado di suonare. Invece eravamo come ubriachi in una osteria, anche se non c'era traccia di vino nelle nostre bocche salivanti, e cantavamo sguaiati, eccitati, bardati da quelle vesti sacre, separati da quel ferro antico. Tu non riuscivi a cantare. Tu non volevi cantare. Non così, almeno. Tu immaginavi, dietro quella griglia, una sposa di Cristo col cuore ferito, tu immaginavi una santa Teresa d'Ávila o una Teresa di Lisieux. Ti immaginavi come un san Giovanni della Croce. Invece eravate quella cosa lì, quella tensione lì che maldestramente cantava le canzonette all'Altissimo, invece di tacere, di cadere in ginocchio, di copulare nella preghiera, nell'invenzione del mondo. Non potevate essere felici e volevate solo essere felici.

Dio cresceva dentro di te. Era tuo compito partorirlo, come lo aveva partorito la Vergine affrescata sulla parete del refettorio, che ti teneva sotto il suo manto spalancato. Eravate chiamati a partorire Dio con la vostra mente.

E quando arrivò il Natale avevamo preparato il nostro presepe, memori dei racconti che ci avevano tramandato del nostro Padre Francesco, quello stregone medievale, quel pazzo colle mani perforate alla fine della sua breve esistenza terrena. La costruzione minuziosa della natività, cominciata coll'annuncio del tempo liturgico dell'Avvento. Raccoglievi, da bambino, con tuo padre, muschio verde e odoroso. Lo prendevi dalle pietre, utilizzando un coltello. Veniva via come un panno. Era una nuova terra, con quella stoffa verde creavi un nuovo paese, ricordandone un altro che nessuno aveva mai visto, che tutti immaginavano, nell'invenzione felice di un Dio che si era fatto grumo di carne uscito dal ventre di una donna, come tutti. Posavi quel manto odoroso e cadevano sul pavimento sassolini, croste di terra. Sopra costruivi quel paese di cartapesta, attraversato, in alto, da quella cometa annunciatrice, da quel principio di astrofisica. E quando poi cominciavamo a costruire il presepe, avreste dovuto vedere che festa, che gioia! Come frusciavano le nostre gonne di lana marrone, come dondolavano i cingoli coi tre nodi, come ci scintillavano gli occhi nel ricostruire l'incarnazione del nostro Dio infante che entrava nel mondo per dare senso all'assurdità dell'esistere.

Invece a noi era stato dato il canto, e l'ascolto della musica, quella musica che avevamo sentito nel ventre delle nostre madri, di cui non eravamo dimentichi. Quella musica che vibrava nell'acqua delle origini. La confusione del mondo avrebbe potuto pure perforarci i timpani, ma quella musica suonava nella nostra mente, che lo volessimo o no. E tutte le parole che avevamo imparato, tutte le cattedrali di parole che ci sarebbero state infilate dentro, tutta la ragione, tutto il pensiero analitico cui saremmo stati obbligati non avrebbero mai potuto rendere la perfezione dell'inizio: eravamo nati in un suono perfetto, incuranti del mondo perché il mondo non esisteva ancora, prima di noi. Quel primitivo orecchio ovattato ci aveva reso perfetti. Eravamo stati anfibi, nella pozza avevamo sviluppato pinne. Nel tentativo di tornare alla sorgente ci saremmo inventati ali, risalendo, tenaci, la corrente, schizzando fuori dalla crosta dell'acqua come già avevamo fatto rompendo le acque nel grembo caldo delle nostre madri. Tutta una vita sprecata a sbracciare nell'aria, inventandoci ali, saltando come quaglie, come polli da batteria. Tutta una vita per tornare da dove siamo venuti e riuscendoci unicamente abbandonando l'idea del volo, obbligati dal cedimento delle membra, degli organi, obbligati a finire inerti, distesi, a precipitare nella terra per poter tornare al principio dimenticando la chiacchiera mondana, per poter tornare al monocorde suono, al mantra da cui promana il tutto immaginato e il tutto che non abbisogna di immagine. Perché è l'essere. È.

Spesso, per quanto ti sforzassi, non sentivi nulla. Il canto ti si smorzava in gola, non venivi rapito verso le travi, restavi ancorato alla panca in noce che aveva fatto da seduta a generazioni di eunuchi per il Regno dei cieli. Era l'arsura, il deserto, l'impossibilità di far cortocircuitare le sinapsi. Quella vita ti sembrava assurda. Tu stavi lì, pregavi meccanicamente, recitavi formule senza trasporto. Ma magari in quel momento altri tuoi confratelli sentivano la divina presenza anche per te. Irroravano, dall'altezza a cui erano stati rapiti, il tuo orto arido. Supplivano alla tua impossibilità di levitare, scendevano a mezz'aria provando a prenderti per il cappuccio per portarti verso l'alto. Non ci riuscivano, ma quel tentativo era la comunione, era la carità che tutto comprende, tutto sopporta. Di quegli anni pieni di fervore, solo questo, veramente, ti resta: quella carità, quel limpido amore.

PASSA LA SCENA DI QUESTO MONDO

Le balene attraversavano il tuo cielo. Le sentivi cantare, mentre solcavi il felice e tremendo oceano del noviziato. La notte dopo la professione dei voti, l'ultima notte che avresti passato in quel convento, nell'oceano nero del sonno, le sentisti, per la prima volta, piangere. Non volevano che tu andassi via, che lasciassi il Giardino, che abbandonassi i cieli e la boscaglia dove loro cantavano per te. Sentisti pure il pianto delle vipere. Quelle creature volevano proteggere il ragazzo vestito di sacco, volevano custodire i suoi piedi nudi, i sui polpacci bianchi, volevano custodire la sua innocenza. Non volevano che quel ragazzo si perdesse nel deserto del mondo, preda della tentazione del potere, di qualunque potere; non volevano che morisse prosciugato, che perdesse la meraviglia di oceani immaginati, del mare che inonda la mente e dove nuotano insieme i vivi e i morti. Le vipere misero ali quella notte e cominciarono a volare in pianto, poi si fecero pesci e poi di nuovo rettili alati che si misero a fluttuare con le balene.

Al risveglio, uscito dall'oscurità dell'oceano, avevi il volto bagnato. Ti avevano pianto addosso le balene, le vipere, gli angeli piccoli e l'angelo immenso.

Gli uccisori ci stavano sulla schiena, le potenze dell'aria erano pronte a fare delle nostre ossa farina per il loro pane nero. Il mondo guidato dal Grande Macinatore era pronto ad accoglierci, a scatenare altre vipere sul terreno, a regalarci prostituzione e malattia, a far diventare legione la nostra mente, a regalarci vestiti per coprire la nudità di quando abitavamo il Giardino. Non saremmo più stati nudi, ci avrebbero obbligati a indossare una casacca, ci avrebbero impedito il pianto, il riso e la pietà. Tu avevi baciato il giaciglio dove avevi sognato il tuo Dio immaginifico, il pavimento che avevi percorso per quell'anno da eunuco; tu avevi baciato le rose, i ciliegi, la terra. Tu avevi baciato tutto.

Avevamo attraversato il Giardino così compiti da apparire felici, lucenti, palle di fuoco. Entravamo nel magma del mondo con le vipere in mano, a cingerci il collo, sul capo. L'anno di noviziato era finito. Avevamo emesso i voti temporanei, ci aspettava un'altra prova. Tu stringevi il cingolo, volevi sentirlo a costringere i lombi, in quella ancora vanitosa sensazione di purezza. Tu che avevi emesso seme solo nel sonno, incolpevole, mentre nudo, preda di amore panico, avevi abitato il Giardino. Ci lasciammo dopo la professione temporanea, nel piazzale del convento di Renacavata. Il piazzale era gremito dai nostri parenti e familiari e amici, venuti per guardare la fine della nostra nudità. Di lì a poco saremmo spariti gli uni per gli altri, ci sarebbero cresciute le barbe, ci sarebbero arrivate fino al petto, avrebbero preso ad argentarsi, ad imbiancarsi, i capelli di qualcuno avrebbero iniziato a svanire. Ci stavano gettando nel crepitio della creazione. Stavamo abbandonando la cava di rena che ci aveva protetti. Da sedici che eravamo entrati, in nove uscivamo. Gli altri non erano stati preda del vento, non lo avevano sopportato, erano subitamente rinsaviti. A noi, ai superstiti, agli amici del vento, era stato concesso il dono di farci amiche le serpi. A noi, che eravamo stati morsi una prima volta ed eravamo sopravvissuti, era stato concesso di continuare. Avevi raccolto i tuoi libri in una scatola di cartone, vestiti non ne avevi a parte qualche paio di mutande e di calzini. Avevi messo nella sacca i tuoi quaderni, la tua vanità, come dicevano i maestri, la tua distruzione del tempo, come pensavi tu. Avevi guardato la cella, quel loculo glorioso, avevi aperto la finestra che dava sui ciliegi. L'avevi richiusa. Avevi guardato il letto e la parete su cui appuntavi, emergendo dalla crosta dell'acqua, i tuoi versi, la tua partecipazione notturna alla nominazione creatrice del mondo, che avevi provveduto a cancellare con la gomma. Poi avevi passato un panno imbevuto di alcol sulla pellicola che rivestiva il truciolare, affinché tutte quelle tue parole incise a matita potessero definitivamente svanire. Quella parete di scarti di legno pressati serviva ad evitare di dover imbiancare troppo spesso le celle attraversate dal fiato, dal sudore, dal sebo di tanti umani desiderosi di abbandonare il tempo e le sue illusioni. Non abbandonerete le illusioni, e le vipere, da amiche che erano, smetteranno di ornarvi, scenderanno dal vostro capo, dal vostro collo, e vi schiferanno. Ma tanto voi siete rimasti laggiù, preda del vento mattutino che s'infilava tra le fessure a portare le vostre voci innocenti nell'aria, a disperderle negli eoni, a rendervi eterni. Voi che siete rimasti laggiù, che laggiù siete rinati, non morirete mai. E, di canto in canto, dove non farà mai più sera e mai più mattina, sarete per sempre cantati.

Indice

Mondadori Libri S.p.A.

Questo volume è stato stampato
presso ELCOGRAF S.p.A.
Stabilimento - Cles (TN)

Stampato in Italia - Printed in Italy